涅朵奇卡
一个女人的故事

[俄] 陀思妥耶夫斯基◎著 张伯埙◎译

Nidochka

图书在版编目（CIP）数据

涅朵奇卡 /（俄罗斯）陀思妥耶夫斯基著；张伯埙译. -- 北京：中国友谊出版公司，2024.12. -- ISBN 978-7-5057-6028-8

Ⅰ．I512.44

中国国家版本馆CIP数据核字第2024GP4142号

书名	涅朵奇卡
作者	[俄罗斯] 陀思妥耶夫斯基
译者	张伯埙
出版	中国友谊出版公司
发行	中国友谊出版公司
经销	新华书店
印刷	嘉业印刷（天津）有限公司
规格	880毫米×1230毫米　32开 7印张　148千字
版次	2024年12月第1版
印次	2024年12月第1次印刷
书号	ISBN 978-7-5057-6028-8
定价	45.00元
地址	北京市朝阳区西坝河南里17号楼
邮编	100028
电话	（010）64678009

如发现图书质量问题，可联系调换。质量投诉电话：010-82069336

目录

一	001
二	029
三	054
四	081
五	096
六	148
七	172

一

父亲，我已经记不得了，我两岁那年，他便已经去世了。自然，我的妈妈也改嫁了。虽说她的二婚确实出于爱情，但还是给她带来了不少悲伤。我的继父是一位音乐家，命运非凡。这么说吧，他是我认识的所有人中最奇怪、最不可思议的那个，以至于他在我的童年里留下了不可磨灭的印象，而这些印象又不可避免地影响了我的一生。为了能把我的故事讲明白，在这里得讲讲他的生平。至于这些事情，都是我后来从著名小提琴家 B 那里得知的。他曾是我继父在年轻时代的同伴和密友。

我的继父姓叶菲莫夫，出生在一个富裕的大地主庄园里。他的父亲本是一个贫穷的乐师，在经过了长时间的流浪之后，到了那个庄园，并加入到地主的乐队里。庄园主的日子过得十分奢靡，最重要的是，他狂热地喜爱音乐。

有这么个关于他的故事：此人一生都没有离开过自己的庄园，甚至连莫斯科都没去过。但突然有一天，他决定出国前往某个温泉胜地，只因报纸上说，有几位著名小提琴家要在那儿连演三场。

这位地主也有一个像模像样的乐团，他几乎把自己的全部收入都投入到了上面。后来，我的继父也以单簧管手的身份加入到这个乐团中。二十二岁的时候，他认识了一个奇怪的人。就在那个庄园所在的县里，有一个伯爵，为了豢养剧团，散尽家财，破产了。他解雇了自己的乐队指挥，理由是这个意大利人品行不端正。不过他倒是没说错。这位意大利人被解雇后就彻底堕落了。他频繁光顾村子里的小酒馆，喝得烂醉，有时还乞求别人的施舍，闹得整个省都没有人愿意给他工作了。然而，我的继父却和这么一个人成了朋友。这种友谊自然无法解释，自然奇怪。一开始的时候，地主还禁止我父亲同那位意大利人交往，可"近朱者赤，近墨者黑"似乎并没有奏效，久而久之，地主本人也对他们俩的友谊睁一只眼闭一只眼了。

突然有一天，这个意大利人死了。

他的尸体是被大清早起来干活的老农们发现的，就在堤坝旁的小水沟里。经过一番调查，人们断定此人是因为突发性脑溢血猝死的。当时他的遗产存放在我继父那里，而我继父则立马拿出了一封文件，以证明自己有资格继承那个意大利人的遗产。那封文件是死者生前手写的便条，指定了我继父是他的继承人。主要的遗产包括：一件死者精心保存的燕尾服（这可以证明他还是想找个体面的职位），一把看起来十分普通的小提琴。

当时没有人把这份遗产当回事。

但几个月后,那个破产伯爵手下的首席小提琴手带着一封信来找我继父的东家,信上请求他说服我继父转让意大利人留下的小提琴,伯爵愿意为了自己的剧团,出三千卢布高价收购这把小提琴。信上还说,他已经几次派人去找我继父了,希望能够当面交割,但是每次都被我继父固执地拒绝了。最后,伯爵还在信上强调说,他的出价很实在,根本没有乱压价,只是说他在我继父的固执中,感觉到了一种受辱的顾虑。他觉得我继父是在担心,伯爵可能在交易过程中利用他的单纯和不知情来哄骗他。

因此,伯爵请求作为东家的地主能够出面促成此事。

地主立刻派人把我继父叫了过来。

"你怎么不把琴卖给人家呢?"地主问我继父,"这东西你又用不上。人家给你三千卢布啊!这个价钱挺实在了。你要是觉得人家给少了,那就是你的不对了。人家是伯爵,不会诓你的。"

我的继父则回答说,自己不会去见伯爵。倘若东家差他去,他便去。因为这是东家的意志。他也不会把琴卖给伯爵,倘若琴被他们抢去了,便抢去吧。因为这也是东家的意志。

显然,我继父的这种回答巧妙地拨动了地主心里最敏感的那根弦。核心问题在于,这位地主特别爱吹嘘自己如何如何擅长同音乐家们打交道,对自己手下的音乐人如何如何好。因为,他觉得自己手下的这批音乐人都是真正的艺术家,别说跟伯爵的乐团比了,就连和首都的比,他的乐团都不算差的。而这一切都是拜他所赐。他因此而自豪。

"行吧！"地主回答说，"我知会伯爵一声，就说你不卖，你不想卖。毕竟，你完全有权决定这东西卖或者不卖，明白吗？但是我有个问题，你要小提琴干什么？你不是吹单簧管的吗？虽说你单簧管吹得也就那样吧。不如这样，你把这琴转让给我算了，我给你三千。（谁知道它是这么一件乐器呢！）"

我继父冷冷一笑。

"不行，东家！我也不能卖给您，"他回答说，"当然，如果非要按照您的意志……"

"不是，你意思是我在强迫你？我在逼迫你？"地主情绪失控，大叫起来，更何况，此时伯爵的首席小提琴手就在他们俩身边。他很可能从这场面中得出对地主手下所有乐师命运都非常不利的结论。

地主说："滚吧！不知感恩的东西！从今起别让我再看见你！没了我，你揣着你那破单簧管上哪儿讨日子去！更何况，你也吹不明白啊！你在我这儿，吃得饱，穿得暖，领着钱，日子过得体面，人五人六地当个艺术家。那是因为在我这儿！你怎么连这都想不明白呢？快滚！别在这儿让我窝火。"

他一生气，就会把让他生气的人赶走。因为他很害怕自己的火暴脾气。毕竟，他不想对艺术家们过于苛刻。"艺术家"，他就是如此称呼自己手下的乐师的。

交易未能达成。看起来此事就到此为止了。可是突然间，差不多一个月后，伯爵的小提琴手挑起了一件非常可怕的事情。他自己担责，对我继父提出了控告，声称我继父应对那位意大利人的死亡负责。他认为，是我继父贪得无厌，为了丰厚遗产不惜铤而走险，杀人越货。还说，那遗嘱也是我继父巧取豪夺的。他承诺说，自己能为指控提供证人、证据。

无论是伯爵还是地主（他还是在偏袒我的继父）都劝过他，但都没能奏效。人们说，对已故指挥的尸检毫无疑问是正确的，控告者不过是欲求宝琴而不得，要么是因为懊恼，要么只是单纯找事。而那位小提琴手却十分坚持自己的立场，不惜以上帝名义起誓，坚定认为指挥之死并非因酗酒导致的突发性脑溢血，而是有人暗中投毒，并要求再次尸检。乍看之下，他的论证已然不可忽视了。自然而然，此案再审。我的继父被逮捕，关进了市里的监狱。一桩令全省人大感兴趣的诉讼案开始了。

好在案件审理很快，其结果是，那位小提琴手做了虚假的指控。当然，他也受到了公正的惩罚。即便如此，他还是认为自己才是对的。最终，他承认了自己什么证据都没有，之前承诺的证人、证据也不过都是臆造出来的。即便如此，哪怕之后对我的继父又进行了一次调查，其清白已然板上钉钉，他还是抱定了之前的信念，即，我的继父一定与意大利指挥之死脱不了干系。当然也有可能不是下毒，但总是有什么其他的方法。不过，针对那位小提琴手的判决还未执行，他就忽然得了脑炎，疯掉了，死在了监狱的诊疗所里。

在这场风波中，我继父的东家，也就是那位地主，表现得十分高尚。他对我的继父就像对亲生儿子那样。他好几次跑到监狱里探望我继父，给他钱；他知道我继父喜欢抽烟，就带给他最好的雪茄；后来我继父被证实无罪的时候，他给整个乐团放了假。在他心中，我继父这桩案子是关乎整个乐团的。因为他觉得艺术家们的良好品行起码要不逊色于他们的音乐造诣。如是，一年过去了。

有一天，省里突然传来了这么一个消息，说有一位非常著名的法国小提琴演奏家莅临省城，也打算顺路开几场音乐会。得知这一消息，地主立马开始想尽一切办法，邀请那位法国人来自己家里做客。事遂人愿，法国人答应了。为了迎接他，地主做了充分的准备，甚至给整个县城里所有有头有脸的人都发了邀请，但事情突然急转直下。

一天早上，仆人们报告说，叶菲莫夫失踪了，不知道去哪儿了。人们开始寻找，但他就像人间蒸发了似的。乐团也处于紧急状态：缺了单簧管。可就在叶菲莫夫失踪三天后，地主收到了法国人的一封信，上面言辞傲慢地拒绝了地主的邀请，还补充说，当然是拐弯抹角地补充说，从今往后他和那些自己豢养乐团的老爷交往时定会保持十二分小心，还说一个不世出的天才为有眼无珠之人所埋没，实乃不雅。最后，他还以叶菲莫夫为例，说他是真正的艺术家，是他在俄罗斯看到过的最好的小提琴演奏家。这个例子足以证明他说的话的正确性。

地主在读完这封信后，深感惊讶，深受打击，伤透了心。怎么就这样了？这可是叶菲莫夫，他如此关心、如此施恩的叶菲莫夫，这个叶菲莫夫怎会如此无情、如此无耻地在一个地道的欧洲艺术家面前，在一个他高度重视其见解的人面前如此诽谤自己？

当然了，也有一点令他莫名其妙。法国人的信里说，叶菲莫夫是真正的艺术家，是最好的小提琴演奏家，但没有人识出他真正的天赋，迫使他演奏别的乐器。这一切令地主摸不着头脑，他立即准备动身去往省城，打算好好会一会这个法国人。就在此时，地主收到了伯爵的便函。便函除了邀请地主马上到他那里去，还交代了原委，说法国人和叶菲莫夫现在都在他那里，而伯爵本人对叶菲莫夫的放肆和诽谤十分惊讶，只得下令扣下了叶菲莫夫。信上最后强调说，地主必须到场，因为叶菲莫夫的指控中甚至涉及伯爵本人，此事万分重要，应尽快予以澄清。

地主立马去了伯爵那里，即刻结识了那位法国人，向他解释了我继父的全部经历，还补充说，自己从未料到叶菲莫夫竟有如此天赋。毕竟，我继父在他那里不过是一个糟糕的单簧管手。至于他能拉小提琴这件事情，自己也是第一次听说。他又说，叶菲莫夫是一个自由人，享有完全的自由。如果他真的觉得自己被压迫了，随时可以离开。法国人很是震惊，于是差人唤来我继父。这人变得几乎认不出来了：他举止傲慢，回答中满含嘲讽，并坚持认为他向法国人说出来的话是公道的。这一切惹得伯爵怒火中烧，他当着我继父的面，斩钉截铁地说他是个彻头彻尾的小人、无赖，应该受到最可鄙的惩罚。

"阁下，请别担心，我非常了解您，"我继父回答说，"承蒙您的恩德，我才能勉强逃过惩罚。我早知道，究竟是谁怂恿了您之前的乐手阿列克谢·尼基弗雷奇诬告我的。"

听到如此可怕的指控，伯爵怒不可遏，几乎无法控制自己了。此时，一位找伯爵办事的官员恰好进入大厅，那人当即表示，眼前这事儿，自己无法听之任之。他说，叶菲莫夫的粗鲁行径满是恶意和不公的诽谤与指控。他恭请伯爵的许可,想要立刻逮捕我继父。法国人则对这一切表示了极度的愤慨。他说自己无法理解如此恶毒的忘恩负义之人。这时我继父怒气冲冲地回答说,他宁愿接受审判,蹲监狱,甚至刑事调查,也不愿再经历一遍在地主手下当乐手的日子了。要不是着实贫困,他早就甩手走人了。说罢这些,他便与那个要逮捕他的人一同离开了大厅。人们把他锁在宅子里一个偏僻的房间里,威吓他说,明天就送他去城里。

午夜时分,被囚者的房门被打开了,来者是我继父的东家——那个地主。他穿着睡衣,趿拉着拖鞋,手持一盏提灯。看起来,他失眠了,一种令人痛苦的关切之情迫使他半夜离开了床。我的继父也没有睡觉,惊讶地望着来人。地主放下提灯,坐在他对面的椅子上,面色沉重。

"叶戈尔,"他说,"你为什么要如此侮辱我?"

我继父没有作声。地主又问一遍,言语中满是某种深切的情感和奇怪的忧伤。

"上帝知道,我为什么会这样冒犯您,阁下。"我继父终于开口了,他摆了摆手,"您知道吗?我把一切都搞砸了。我也不知道我究竟是着了什么魔了!唉……我没法在您手下待着了,待不住了……魔鬼已经缠上我了。"

"叶戈尔!"地主又开口道,"回到我手下吧!我会忘记这一切,我会原谅你所做的一切。听着,我会让你当我的首席小提琴手,我会给你和别人不一样的报酬……"

"不行，老爷，别再说了。我没法在您那儿住了。我跟您讲，我让魔鬼缠上了。如果我留下的话，可能会一把火把您的房子烧了。有时候，我会感到一阵忧伤，我甚至觉得自己还不如没出生过。现在，我连对自己负责都做不到了。所以，老爷，您别管我了，让我走吧。这一切都是从我和那个魔鬼结交开始的……"

"谁？"地主问道。

"就是那个死得和野狗一样，人人避之不及的意大利人。"

"叶格鲁什卡①，是他教给你拉小提琴的？"

"是的。那人教会了我很多东西，却也毁灭了我。我要是从来没见过他就好了……"

"叶格鲁什卡，这么说他真是一个小提琴大师？"

"不是，他水平也就那样。但是他教得很好。我是自学的，他只是把我领进了门。可现在我宁愿让我的手干枯掉，也不想掌握这门手艺了。呵，我现在都不知道自己究竟想要什么了。老爷，您说：'叶戈尔卡②，你到底想要什么？你想要什么我就能给你什么。'可是老爷，我啊，我却连一个字都回答不上来。因为，我现在也不知道我究竟想要什么。唉……老爷，您最好，我再说一次，最好让我走吧。为了能让别人把我打发得远远的，我可能会做出什么极端的事儿，就这么结束吧。"

地主沉默了一会儿。

---

① 对叶戈尔的爱称。——译者注（若无特殊说明，本书注释皆为译者注）
② 亦是对叶戈尔的爱称。

"叶戈尔,"他说,"我不会就这么丢下你的。如果你不想在我手下干事了,你就走。你是自由人,我不会囚着你不放。但是现在不行,我不会离开你的。你给我拉个曲子吧。叶戈尔,用你的小提琴随便拉个曲子。看在上帝的分儿上。我不是在命令你,你要理解我,我不是在强迫你。我是在请求你,看在上帝的分儿上,叶戈尔,你给我拉一首你给法国人拉的曲子吧!吐一吐心里话。拉一曲吧!你这个人固执,我这个人也固执。叶戈尔,我懂你。像我一样,你也懂我。你如果不能心甘情愿地为我拉一曲,就像是对法国人那样拉一曲,我怕是都活不下去了。"

"行,那就这样吧。"叶戈尔说,"我曾发过誓,永远不在您的面前拉琴,永远不为您演奏,但现在我心软了,我可以给您拉一曲,但这是第一次也是最后一次。老爷,之后您不论在何时何地,都不会再听到我的琴声了。哪怕许给我一千卢布都不行。"

然后他抄起小提琴,奏响了一首他所作的俄罗斯歌曲的变奏曲。B对我说,这是他第一次拉响这组变奏,也是他拉得最好的一次。在此之后,他再也没有如此出色和富有灵感地拉响这组曲子。那地主本就对音乐痴迷,做不到无动于衷,这次直接号啕大哭。待到曲罢琴歇,他更是拿出三百卢布,递给我继父说:

"叶戈尔,现在你走吧!我放你走,伯爵那边,我来和他解释。但听着,以后你我二人不要再见面了。你面前的路,宽着呢。要是咱们在路上撞见,怕是没人舒服。就这样吧……永别了!……等等!"他又补充说,"我还有句忠告送你上路。听好了,就这么一条:别喝酒，要学习，要一直学习，也别骄傲！我和你说这些，是因为我把你当亲儿子看待。你记住了，我再絮叨一遍，要学习，不要酗酒。倘若你借酒消愁，人世间的愁苦哪有消得完的道理？一切就都完了，完透了。弄不好，你会和那个意大利人一样，死在什么臭水沟里。就现在吧，就这样吧，永别了……等等！"他又说，"吻一下吧！"

他们互相亲吻，我的继父就此获得了自由。

他一获得自由，便立刻在附近的县城里疯狂挥霍他那三百卢布，同时还与一伙儿最阴暗、下贱的登徒浪子鬼混在一起，结果落得个一贫如洗、无依无靠。为了糊口，他只得加入了某个惨兮兮的巡回剧团，成了那儿的小提琴首席，弄不好也是唯一的小提琴手。这一切同他的初衷大相径庭，他本想尽快去圣彼得堡深造，为自己谋个好位子，把自己培养成一个艺术家。但是，他在那个小乐团的生活并不如意。没多久，他就和老板闹翻了，离开了剧团。

当时他心灰意懒，甚至采取了一个深深刺痛他自尊的绝望措施。他给我们前文所述的那位地主写了一封信，向他描述了自己的处境，并请求他的资助。那封信措辞倒是独立，但如同泥牛入海，并未收到回信。于是他又写了一封，这一回他以最屈辱的措辞称呼那位地主为他的恩人，说他是真正的艺术鉴赏家，再次请求他的资助。这回有了答复。地主给他送来了一百卢布和寥寥几行字。甚至，那字还是他的贴身男仆写的，要求我继父再也不要向他提出任何要求。

我继父收到了这笔钱，本打算即刻前往圣彼得堡。然而在还清债务后，这笔钱所剩无几。至于旅行，那就想都别想了。他还是留在了省城，又进入了一个乐团，没干多久又跑路了。就这样，他从一个地方颠沛到另一个地方，虽说满脑子都是要赶快去圣彼得堡，但浑浑噩噩中，如此六年过去了。最后，某种恐惧降临到了他头上。他绝望地意识到，在长久以来浑浑噩噩、一贫如洗的生活连续不断的束缚下，他的天赋已经受到了不小的损伤。于是有一天，他辞别了老板，揣着自己的小提琴，几乎是以一路乞讨的方式流浪到了圣彼得堡。

他找了个阁楼，安顿了下来。正是在这个时候，他认识了B。当时B刚刚从德国过来，雄心勃勃，打算创出一番事业。他们很快成为朋友。时至今日，B回忆起往昔还深有感触。那时候他们同样年轻，心里是同样的希望，怀揣着同样的目标。但是B还处于青春期，没怎么经受过贫穷和痛苦的毒打。再者说了，他首先是个德国人。他坚定、系统地追求着自己的目标，对自己的力量有着充分的认识，甚至预知了自己的未来。而他的同伴，也就是我的继父，那时候已经三十岁了。他已经累了，倦了，失去耐心了。整整七年，为了一块面包而在不同的小剧团和小乐团之间的颠沛流离已经耗光了他本有的健康。支撑他度过那段日子的是一个永恒的、不可动摇的呼唤——要攒足够的钱，去往圣彼得堡，摆脱恶劣的处境。然而终究来说，这种呼唤也不过是某种灰暗的、模糊不清的东西，不过是某种内心中的不可抗拒。可随着岁月流逝，我继父眼中就连这种最初的清晰也消失掉了。

当来到圣彼得堡的时候，他几乎是在无意识地行动着，只是依照着本次旅行的永恒愿望和思考中的某种永恒、古老的习惯行动着。他甚至不知道身处首都的自己究竟该干什么。他的热情是某种间歇性的东西——踟蹰不前又蠢蠢欲动。仿佛他自己也想用这种热情欺骗自己，仿佛只要这种热情还在，他最初拥有的天赋、力量、热情和灵感就还在，就还没枯竭。他连续不断的欣喜让B感到惊讶。B是一个冷静且有条不紊的人。他被我继父的热情所迷惑，总觉得我继父是未来伟大的音乐天才。除此之外，他想象不到自己的这位朋友还会有什么样的未来。

但没过多久，B就看穿了他。他清楚地看到，我继父所有的狂热、躁动和不耐烦都不过是在回忆过去拥有的才华，都不过是因为失去而无能地狂怒。甚至，很有可能，他最开始拥有的天赋也没那么伟大，不过是盲目的自信、最初的自满、持续的幻想和觉得自己怀才不遇的癔症。

"但是，"B说，"我还是没有办法不对我同伴的奇怪天性而感到惊讶。我眼睁睁地看着一场满腔热血的惶恐意志和深入内心的无力彷徨之间的斗争发生在我的面前。那是一种狂热的、绝望的斗争。不幸的是，他这个人只凭着自己有朝一日定会飞黄腾达的幻想活了整整七年，以至于他根本没有注意到，自己究竟是怎样把艺术中那些最基本的东西丢掉的，甚至，他连最起码的做事能力都丢掉了。可他就是在自己混乱的臆想里，为自己的未来制订了一个特别宏伟的计划。他不仅觉得自己将会成为世界一流的小提琴家，甚至认为他已经是不世出的天才了。他还想成为一名作曲家，哪怕他连对位法都没什么了解。但最让我吃惊的是，"B补充说，"尽管这个人完全无能，尽管这个人对演奏技巧一知半解，但是在他身上却有着一种如此深刻、如此清

013

晰,甚至可以说是本能的艺术理解。这种感觉和理解对于他而言是如此强烈,也难怪他会迷失在自己的意识中。只是说,他明明可以成为一个深刻的、出于本能的艺术批评家,可他选错了道路,非要把自己当成那种为了艺术而献身的人,那种艺术界的天才。有的时候,他能够用他那粗糙、简单、与任何学问都不沾边的语言告诉我一些非常深刻的真理。甚至能让我感到困惑,我想不通他究竟是怎么只凭借直觉感悟到这一套的。他从来没有阅读过任何东西,也没学过任何东西。可我感谢他。"B又补充说,"我感谢他和他给我的建议,这些东西帮助我完善了自我。至于我本人,"B继续说,"我对我本人的事儿倒是十分泰然。我也热爱我的艺术,虽说我从一踏上这条路开始就知道自己没有太多天分,我不过是一个艺术中的黑奴。但我自豪的是,我不是懒惰的黑奴,我没有埋没我的天分,我培养了它。如果人们称赞我的演奏,说我每一个音都拉得清清楚楚,说我技艺精湛,我也只会把这些赞美归功于我没日没夜的练习,归功于对我自己究竟有几斤几两的清晰认识,归功于自愿的自我牺牲以及对盲目自大、沾沾自喜和懈怠懒惰的敌对态度。毕竟懒惰是自满之源。"

最开始的时候,B也尝试着给自己一直依从的同伴提出些建议。但这些却只能徒劳地激怒他。于是他们二人之间的关系逐渐冷淡。很快B就注意到,他的同伴越来越被冷漠、忧伤和无聊所控制。他的狂热冲动变得越来越少。这一切的背后似乎有一种阴暗、原始的沮丧情绪。最后,我继父撂下了他的小提琴,有时一撂就是几个星期。他就要彻底堕落了。很快,这个不幸的人就沾染上了各种各样的恶习。

之前地主警告了他什么，在他身上就发生了什么。他无节制地疯狂酗酒。B也只能惊恐地看着，他的建议一点作用都没有，甚至他都不敢再多说哪怕一句话了。我的继父也变得越来越愤世嫉俗。他甚至毫无羞耻地靠B的钱过日子，还表现得理直气壮，就像自己本来就有这种权利似的。与此同时，只进不出的生活也变得难以维系下去。B只能到处教课，给商人、德国人和小官吏的宴会伴奏，收入虽不多，但也能勉强维持生活。而我继父甚至都没打算关注一下同伴的窘境，他仍旧严酷待之，甚至连续几个星期都不和B说话。

有一次，B以最温和的方式对我继父说，最好不要过分忽视自己的小提琴了，以免完全丢掉了拉琴的能力。可叶菲莫夫却发起脾气来，发了毒誓说自己再也不会碰他的琴了，好像有人求着他练琴似的。还有一次，B要去参加一个晚宴，他需要一个同伴，于是他邀请了叶菲莫夫。而后者却大为光火，他愤愤不平地说，自己不是什么街头耍把式的艺人，不会像B那样为了几个子儿就卑躬屈膝地羞辱高贵的艺术；说那些卑贱的手艺人根本配不上艺术的高贵，他们听不懂他的演奏和天赋。B没有回应这些。等他离开后，叶菲莫夫的心里却犯起了嘀咕，他觉得这是B在暗示，暗示他一直靠B的钱过日子，暗示他自己也应该出去赚些钱。所以当B回来时，他对着B大发雷霆，说他行为卑鄙，还说自己不会再跟他待哪怕一分钟。他真的走了，消失了两天，却在第三天回来了，就像这一切根本没有发生过一样，又开始继续先前的生活了。

只是出于之前的习惯和友谊，以及对这个自甘堕落之人的同情，

B才没有同自己的同伴分开，结束他如此不堪的混乱生活。但最后，他们还是分道扬镳了。命运女神对着B微笑了。他得到了某人强有力的支持，并成功举办了一场精彩的音乐会。那时，他已经是一个小有名气的艺术家了。而他与日俱增的名气也为他在歌剧院乐团换来了一个位置。在那儿他又取得了当之无愧的成功。在分别时，他给了叶菲莫夫一些钱，眼含热泪恳求他回归正道。哪怕到了现在，B在回忆起这段过往时还深有感触，与我继父的相识是他年轻时最深刻的经历。他们一同开始自己的事业，维持了一段那么热切的情感。而我继父的古怪性格、粗鲁秉性和繁多缺点甚至使B更加倾心于他。B理解他，明白他，甚至预见了他们俩的结局。分别之际，二人紧紧相拥，热泪横流。当时叶菲莫夫抽噎着对他说，自己是一个被毁掉的人，不幸的人；他早就知道这一点了，而现在他才真正意识到了自己的毁灭。

"我什么天赋都没有！"最后他如此说着，面色苍白得像个死人。

B很受触动。

"听着，叶戈尔·彼德罗维奇，"他对我继父说，"你在对自己做什么呀？你不过是在用绝望毁掉自己。你没耐心，更没勇气。现在你沮丧发作了，说些什么没有天赋的丧话。不对！你有天赋！我向你保证，你有！从你对艺术的感受和理解我就能看出来，你有！而这一点，我可以用你的全部人生向你证明。你不是和我讲过之前的生活吗？那时候，同样的绝望不也是不知不觉地降临在你的身上吗？你当时的老师，你和我不止一次说过，这个人有多奇怪，可就是他唤醒了你对艺术的热爱，发掘了你的天赋。而你当时也深刻地、强烈地感受到了这一点啊！就和你现在一样。但是你不知道自己究竟想要什么样的生活。你的老师死得太早了。他给你留下的只能是些模糊不清的追求。主要是他没有向你解释清楚你自己。你觉得，自己需要另外一条路，一条更宽更广的大路，你觉得自己注定要去追求其他的目标。但是你不知道如何做到。于是，绝望包围了你，你开始讨厌当时周围的一切。你六年来的贫穷和匮乏没有白费。你学习了，你思考了，你意识到了自己的力量，认识到了自己。现在，你明白了艺术，也明白了自己的使命。我的朋友啊，你需要耐心，需要勇气。你的命运一定比我更好。你是个比我更好的艺术家啊！可上帝啊，你要是有我十分之一的耐性就好了。就像你之前的东家叮嘱你的那样，别喝酒了，去学习吧。最重要的是，开始吧！从 ABC 开始！想想，是什么在折磨你。是贫穷，是匮乏。可艺术家不都是从贫穷和匮乏中炼出来的嘛！这些东西从一开始就和艺术不可分割！现在没人需要你，没人想知道你，可世界本就如此。要等待，总有一天人们会认识到你的天赋。到时候缠绕你的就不再是贫穷，而是嫉妒的、无耻的小人和愚蠢。也许他们给你的压迫会更强烈。天才需要同情，需要被理解。你会看到，当你稍稍有些成就的时候，会有什么样的面孔包围住你。他们会贬低你的成就，会带着轻蔑的眼光看待你日复一日的练习、困顿和饥饿，嘲讽你在每一个不眠之夜练就的本领。他们不会鼓励你，不会安慰你。你未来的同伴们——他们不会指出你身上善与真的部分，而是带着恶意的欣喜，挑出你的每一个错误。他们只会鸡蛋里挑骨头，挑出你不好的地方、你犯错的地方。他们表面上对你冷漠，充满蔑视，可内心里早就因为你的错误乐开了花,就像过节一样。可谁又能不犯错呢!你爱慕虚荣,你狂妄自大,你也许会不经意间得罪些自负的小人物。那才是倒霉的时候。他们成群结队,你却孤身一人。他们咋呼着挥舞马鞭,不过是为了折磨你。就连我现在都体会到这些了。罢了,振作起来吧。你真的那么贫穷吗?真的活不下去了吗?别眼高手低了,学学我吧,给那些无知的手艺人劈柴火①吧,劈吧!可你没有耐心。你因为没耐心染上病了。你不够踏实,全是些小聪明。你想要的太多,拖累了你的大脑。你大话说得太多,却没胆子再抄起琴弓。你自尊心强,骨子里却缺乏勇气。勇敢一点,耐心一点,学习吧。如果你不打算指望自己的能力,那也得等待运势呀。你心里还有激情,你还有感觉。也许你真能达到目标。如果没有,那你还能撞着大运呢。怎么着你都不会输得一无所有的,因为你胜利的奖赏着实丰厚。这么说吧,兄弟,我们的撞大运,那也是伟业啊!"

叶菲莫夫认真地听着他前同伴的逆耳忠言,被深深地触动了。随着双方对谈的进行,他脸颊上的苍白逐渐褪去,取而代之的是激动导致的红晕。他的双眼中也闪烁着不寻常的勇气和希望之光。很快,他那勇气转化为自信,自信变成了傲慢。B 的忠言接近尾声,叶菲莫夫的耐心也耗光了。他虽听得不耐烦,但还是热情地同 B 握了手,道了谢。那种深深的自毁和沮丧消失了,极度的傲慢和无礼又出现了。他骄横地撂下大话,让 B 不要再担心他的命运;还说未来的人生路

---

① 指卑微下贱地劳作,也就是演奏。

他早已做好了规划，自己很快就能找到一个识货的人赞助他，体面地办上一场讲究的音乐会，一举获得名声和财富。

B耸了耸肩，没有反驳。他们分开了。

当然了，踌躇满志不过是间歇性的。转头，叶菲莫夫就把B给的钱花光了。然后又来找B要了一次、两次、三次、四次……十次钱。在第十次，B不耐烦了，推说自己不在家。从那以后叶菲莫夫就完全从B的视线中消失了。

一晃几年过去了。有一次，B排练完回家，在一条胡同里，在一个脏兮兮的小酒馆门口，遇见了一个破布烂衫、烂醉如泥的人。那醉汉叫嚷着B的名字。当然，此人就是叶菲莫夫。他都脱了相了，面色苍白，一脸浮肿。很明显，漫无目的的生活以不可磨灭的方式狠狠地摧残了他。旧友相逢，B倒是高兴，可话还没说上两句，就被叶菲莫夫拽进了小酒馆里。在那儿，在一个犄角旮旯的肮脏小包间里，B细细打量着自己的同伴：他身上的衣服倒不如说是破布片子，脚上的靴子破烂得走了形，破破烂烂的前襟早被酒水泡透了。他的头发已经开始变白、脱落。

B问道："你到底怎么了？你现在在哪儿啊？"

一开始，叶菲莫夫还有些羞于开口，或者说是害怕开口。他语无伦次，支支吾吾，顾左右而言他，害得B觉得他已经疯掉了。直到最后，叶菲莫夫才承认说，如果不给他伏特加喝，他什么话也说不出来。而且，酒馆里已经没有人相信他了。说这话时，他脸红了。尽管他仍旧在尽力地比画，好让自己看起来还算靠谱，可彰显出的无非

019

是一股无耻、做作、令人厌烦的气质。这让 B 难过极了，同情极了。他眼睁睁地看到，自己最不想看到的事情发生了，自己最担心的事情发生了。他唤来侍者，送来伏特加。感激之下，叶菲莫夫脸色大变，全然一副不知所措的样子，甚至眼含热泪，甚至打算好好吻一吻他恩人的手。正是在这酒桌上，B 才惊讶地得知，此人竟然结婚了。但更令人惊讶的还在后面，他的妻子构成了他所有的不幸和悲伤，这场婚姻彻底扼杀了他所有天赋。

"怎么会搞成这样？" B 问。

"我，兄弟……我，我两年没拿琴了，"叶菲莫夫回答，"乡野村妇，做饭的，大字不识一筐的臭娘们，他妈的，她能懂什么？……除了下半身，我还能和她干啥？"

"照这么说，那你和她结婚图什么啊？"

"没办法了……我认识她了，她有一千卢布。我一时冲动，娶她了。她爱上我了。她非要把自己往我脖子上挂。是谁把她推给我的啊！钱也花光了。天赋也没了。兄弟，一切都他妈完蛋了！"

B 看到，叶菲莫夫好像是在急着在他面前辩解什么。

"都扔了……"他说，"但是，B，我最近已经在小提琴这件事儿上开窍了，我已经达到了至臻的境界。这么说吧，在咱们这个城里，你，B，虽说是最好的小提琴手，但是只要我想的话，你会甘愿给我让个位置的。"

"到底怎么回事儿啊？" B 惊讶地说，"那你倒是去给自己谋个位置啊！"

"不值得！"叶菲莫夫大手一挥，"你们那儿，真有人懂吗？你们知道什么呀！一无所知！说白了，你们的营生不过是，随便找一个芭蕾舞曲，随便划拉几下。你们这些小提琴家，高贵的小提琴家，没见过什么东西，也没听过什么东西。我祸祸你们干吗？爱咋咋吧！"

话说到此，叶菲莫夫再大手一挥，坐在椅子上摇晃起来。因为他已经略有醉意。然后，他邀请B去自己那里。但B拒绝了，只是要了他的地址，向他保证自己明天定会看他。叶菲莫夫现在已经酒足饭饱，满脸嘲讽地看着自己昔日的同伴，绞尽脑汁地想着恶心他的办法。在他们离开包厢时，他抓住B贵重的皮草大衣，就像老爷对仆人那般，把大衣甩给了B[①]。在经过第一个包间时，他停下来向酒吧老板和众人介绍起B来，说他是整个首都排行第一的，也是唯一的小提琴家。总而言之，那一刻的他，龌龊至极。

然而，第二天早上，B还是去我们居住的那个阁楼里找了他。当时我们的日子极度贫困，全家人挤在那间小小的阁楼里。那时候我四岁，妈妈改嫁给他已经两年了。

她是一个不幸的女人。之前，她是一个家庭教师，受过良好的教育，身材匀称，长得也漂亮。可她家境不好，只能嫁给我的生父——一个老公务员。他们俩在一起生活不过一年，我生父便猝死了。他那微薄的遗产也遭到了瓜分，留给母亲的，除了那点儿微不足道的钱之外，就剩我了。怀里抱着个婴儿去当家庭老师是很困难的。就在这

[①] 俄罗斯传统，冬季在餐厅和拜访别人家里等社交场合，应在入门前脱下自己的大衣，挂于玄关处，以示不怀疑主人家的待客之道。

时，阴差阳错之下，她认识了我的继父，并实实在在爱上了他。

她是一个充满了热情的梦想家，在他身上看到了某种怀才不遇，相信了他关于美好未来的傲慢之语。她想象着，自己终有一日会成为天才背后的支柱和领导。她憧憬着这个荣耀的角色。于是她嫁给他了。才不过一个月，这些想象和憧憬就都消失了，面前就剩下凄凄惨惨戚戚的现实了。叶菲莫夫和我母亲结婚，也许真的是因为那一千卢布。总之，钱花完了，他两手一摊，仿佛很高兴终于有了个借口。他即刻向所有人宣布，都是该死的婚姻摧毁了他的天赋，他说自己没法在憋闷的房子里工作，说自己没法面对挨饿的家人，说在这种场合下，他的脑壳里憋不出来音符。最后他还说，显然，这一切都是他命里注定的。

看来，他也确实相信了自己的这通抱怨，而且，他也确实为新借口感到开心。看起来，这个不幸的、被毁掉的天才本身也在寻找着一个外部机会，以便把自己的一切失败和灾难一股脑地推到上面。但他仍旧无法接受一个可怕的想法，即他早已永远离开了艺术，毁掉了艺术。他办不到。他抽搐着和这个可怕的念头、痛苦的噩梦斗争着。最终，现实战胜了他。

时间一分钟一分钟地过去，他的眼睛也一点一点地睁开，他发现这种恐惧和痛苦仍旧包围着他，他觉得自己快要疯了。可这些又是长久以来构成他全部生活的东西，又怎么可能轻易放下呢？直到他的最后一分钟，他还在幻想也许这一分钟还未过去。

在怀疑的时候，他就酗酒，期盼着向酒精的沉沦能驱走他的忧愁。最终，他可能自己都不知道，在这段时间里他的妻子对他来说是多么必不可少。这是一个活的借口。我的继父差点儿让这些想法弄得精神错乱，他总以为自己只需要把那个毁掉他的女人埋了，日子就能马上步入正轨。

可我可怜的妈妈不理解他。她如同一切热爱幻想的人。那些人往往连充满敌意的现实生活的第一步都受不了。很快，她变得暴躁、刻薄、爱骂人，经常和我继父吵架。而我继父则以折磨她为乐。她一刻不停地驱赶继父去工作，而继父则一刻不停地兜售他那些盲目且固执的观念。可以这么说，他那些疯癫的举动，几乎把他搞成了一个不近人情且不讲人道的家伙。

他只是笑着。他只是一边笑着，一边发誓，说自己在她死前绝不会抄起小提琴。发誓的样子不可谓不坦率，不可谓不残酷。而我妈妈，不论这样也好，那样也罢，直至死前仍旧深爱着他，狂热地爱着他。只是，这样的生活让人无法承受。

她总是病恹恹的，总是在遭罪，总是受折磨。可除了如此一整份悲苦之外，全家人的生计也都落在了她肩膀上。她只得做一个厨娘。她打算在家里支上一张餐桌，为通勤的主顾提供饭食。然而继父却总悄悄偷走她的本钱，害得她总是要把空荡荡的餐具还给顾客们。当 B 拜访我们时，她正在洗衣服，正在给一条褪了色的裙子重新上色。即便如此，我们仍旧在那间阁楼里维持着生活。

我们一家人的贫困让 B 大为震惊。

"听着，你说的全都是废话，"他对我继父说，"这里哪有什么被埋没的天才，她（指我的母亲），是她在养着你，可你又干什么事儿了？"

"啥也没干啊！"继父回答说。

但B还不知道我妈妈的全部不幸。她的丈夫经常把各种泼皮无赖和不三不四之人带回家中，胡作非为。

B苦口婆心地劝导自己之前的伙伴。最后他索性宣布，倘若我继父不有所改正，他之后什么忙都不会再帮了。他还直截了当地表明，自己一个卢布都不会给他了，反正给他多少都会被他喝光。在最后，他恳请叶菲莫夫给他拉一首曲子，看看自己究竟还能为他做些什么。趁着我继父去取小提琴的空当，B拿出一笔钱，悄悄塞给我妈妈。但是妈妈拒绝了。这是她头一次被迫接受别人的施舍。于是，B转过头，把钱给了我。可怜的妈妈只得涕泪俱下。

这时继父拿来了小提琴。但他要求，自己必须喝一杯伏特加，说没有这个，他就不能演奏。于是我们找人给他买了伏特加。一杯下肚，他活络起来。

"为了你我的友谊，我给你拉一曲我自己写的。"他对B说。随后，他从抽屉柜的下面抽出一个落满灰尘的厚笔记本。

他指了指笔记本说："这些都是我写的，兄弟，你看看就知道了！这些可不是你们那儿的芭蕾舞曲子。"

B默默看了几页，然后展开了自己随身携带的乐谱，要求继父把他的曲放在一边，从自己带来的乐谱中挑一曲。

继父有些生气，但也怕失去新的庇护，便按照B的要求做了。这时B看到，他旧日的同伴在他们分别的这段时间里确实有了一定的练习和进步，虽然叶菲莫夫总是吹嘘什么自己结婚后就没拿过乐器。

真应该看看我可怜的妈妈那副高兴的样子。她满脸欢喜地望着自己的丈夫，重燃对他的骄傲。善良的 B 由衷地高兴，决定拉继父一把。

当时他已经有了很多人脉，立刻开始到处推荐他那可怜的同伴。在那之前，他也得到了叶菲莫夫的许诺，后者说自己定不会辜负，一定好好表现。B 还慷慨解囊，只为让他穿得好些，给他引荐了好多名人。B 觉得，要是想让叶菲莫夫有个好职位，这些人必不可少。

然而问题的关键在于，叶菲莫夫的妄自尊大不过是口头上的。他似乎还是很高兴地接受了老朋友的建议。B 说，自己为所有阿谀奉承和低三下四的崇拜感到羞耻，继父就尝试着以此来讨好他，很害怕一不留神就失去他的好感。叶菲莫夫也明白，这些人真的在给他铺设一条大路，他甚至戒了酒。最后，他在一个剧院里找到了一份营生。因为这一个月的勤勉工作弥补了他在一年半的无所事事中失去的一切，他通过了试奏，还许诺自己将会在之后也认真履行新的职责，好好练琴。

但是我们的家庭情况并没有任何改善。继父的薪水，他一个卢比也没有给妈妈，全被他花光了，全花在和新狐朋狗友吃饭喝酒上了。他很快就交上了一群新的狐朋狗友。当时他主要跟剧院的员工、合唱队的队员和演员团里的配角们交好。总而言之，就是宁做鸡头，不为凤尾。他会避开任何真正有才华的人。他必须感受到那种别人对他的特殊尊崇。而当他一感受到，他便会立刻兜售起自己那套怀才不遇的说辞来，说些什么自己有伟大的天赋，都是妻子毁了他之类的话。当然也少不了对周遭人的嘲讽，他嘲讽指挥对音乐一窍不通，嘲讽整个院团里全部的乐手，嘲讽剧团选定的曲目，嘲讽演过剧目的作者。最后,他开始阐释他那套新音乐理论。

总而言之,整个乐队的人都烦他。

他和同事吵架,和队长拌嘴,对上级无礼。最终落得个"全团最烦人、最不安分、最愚蠢、最微不足道之人"的称呼。没人受得了他了。

看到这么一个微不足道的人,这么一个愚蠢还没用的乐手,这么一个连琴都不愿意练的家伙还能如此自吹自擂、妄自尊大,确实非常奇怪。

整件事情最终以 B 和我父亲的一次吵架结束了。他立马编造了最下流的谣言、最卑鄙的诽谤到处传播。而在剧团里工作了不过半年后,人们就以玩忽职守和严重酗酒为理由把他赶出去了。但是他并没有很快就离开曾经的圈子。很快,大家就看见,他又穿上了破布烂衫,像样的衣服都被他卖掉了,典当掉了。他会不请自来地光顾自己前同事的家,散播谣言,胡说八道,抱怨自己的生活,抱怨自己的老婆,还邀请他们来好好看看他那恶毒的妇人。当然,也有人愿意听他的胡话。总有些人会故意给他灌酒,就为了听他酒后的疯言乱语,好嘲笑他。毕竟他总是说话尖酸且机智,他知道怎么用辛辣的修辞调配出各种刻薄的怒火和玩世不恭的花样。就是这些让他得到了某些听众的青睐。他被当成某种癫狂的跳梁小丑,时不时让这么个小丑演上一出,也不失为一种调剂。听众们乐于取笑他,总是在他面前谈论某位新来访的小提琴家。而只要听到这话,叶菲莫夫就会神色大变,颤颤巍巍,打听那人从何而来,有何天赋,然后开始嫉妒人家的名声。

似乎也正是从这时候开始,他系统性地疯癫了。

他固执地相信：自己就是首屈一指的小提琴家，起码也是整个圣彼得堡最好的小提琴家，只是，他时运不济，命途多舛，遭人欺侮，甚至因为阴谋而未遇伯乐，寂寂无闻。他甚至为此感到满意。因为就是有这么一种人，他们总是觉得自己被侮辱、被压迫了，他们大声地抱怨或者小声地嘀咕，崇拜着自己那种不为世人所知的伟大。然而，在当时的圣彼得堡，所有有名头的小提琴家他都认识，一个不落。按照他的理论，这些小提琴手没有一个比得上他。所以那些认识他的好事者就会故意在他面前提起某个小提琴家，说起人家的才华和名声，引诱他说些什么。听众们喜欢他的愤怒、他的言论，喜欢他口中蹦出来的既实际又睿智的话，喜欢他批判那些他假想的对手。只是他们不总是能理解他，但是他们相信，在这个世界上没有人能够像他一样以如此巧妙、生动的讽刺描绘当代的音乐名人。就连那些被他讽刺过的音乐家本人也都有点怕他。因为他们知道他的刻薄，也知道他攻讦中的准确，在需要辱骂的情况下，他的判断是准确的。

不知怎的，人们已经习惯了在剧院的走廊和幕后看到他。就连剧院的工作人员也放他畅行无阻，就好像此人不可或缺，而他也就成了某种本土的忒耳西忒斯[①]。如此生活持续了两三年，但是最终，甚至他的这个角色也让人们烦了。再之后就是正式的驱逐了。于是在他生命的最后两年里，他就如同石沉大海，任何地方都寻不到他的踪迹了。

不过，B还是见过他的，而且是两次。每次见他，对他的同情都

[①]《荷马史诗》中的人物，全特洛伊最丑的人，因嘲讽阿喀琉斯被杀。

超越了厌恶。有一次，B看到了他，叫他过来。但是我继父生气了，装作什么都没听到，傲慢地戴上他那顶破破烂烂的旧帽子，从旁边走了过去。后来，在一个盛大的节日庆典上，有人向B通报说，原同事叶菲莫夫特来祝贺。B走到他跟前。叶菲莫夫醉醺醺地站在那里，姿态极低地向他行礼，鞠躬之深，恨不能把脑袋摁在膝盖上。他小声咕哝，念念有词，怎么都不肯进到房间里。他行为的意思就是，我们这种没有才华的小人物，哪能配得上和您这种大人物交往呢；对于我们这些小人物而言，有一个仆人的位置来给您道喜就足够了；在下毕恭毕敬鞠躬，然后消失是最好的。总而言之，这就是令人厌恶、愚蠢至极的装腔作势罢了。

这事结束之后，B就很久没有看到他了。直到那场灾难发生，而那场灾难结束了所有这些悲伤、痛苦和混乱的生活方式。这场灾难不仅和我童年的最初印象密切相关，甚至还关系着我的整个生命。它的发生是那么可怕……

但首先，我要解释一下我的童年是什么样的，以及这个在我人生中留下了浓墨重彩的人，这个导致了我可怜的妈妈死去的人，对我而言究竟意味着什么。

二

　　我很晚才开始记事儿，应该是从八九岁开始的。我也不知道为什么，在这个年龄之前发生过的一切怎么就没有给我留下任何足以铭记到今日的清晰印象。但从八岁半开始，我就清楚地记得一切，日复一日，连续不断，好像从那时起的一切都发生在昨天似的。当然，我也可以像做梦一样回忆起一些更早的事情，比如，圣像旁边的黑暗角落里燃着的长明灯；还比如，我曾在街上被一匹马撞倒，后来人们说我因此卧床三个月；再比如，在那次生病期间的某个晚上，躺在妈妈身边的我就像是突然因为什么东西受到了惊吓，可能是伤痛的梦境、夜的黑暗，又或是角落里抓挠的老鼠，我吓得浑身颤抖，只能藏在被子底下，却不敢叫醒妈妈。由此，我认定相对于这些恐惧来说，我更怕妈妈。但是从某一个时刻起，我突然意识到了我自己，突然迅速而意外地发育起来，许多完全不属于孩子的印象对我而言变得可怕地明白易懂。一切都在我面前变得清晰，一切都变得非常容易理解。我开始清楚地记得时间给我留下的那些深刻而悲伤的印象，这些印象在后来的每一天都在重复着，增长着。它把既黑暗又奇怪的色调投射到我跟父母的生活上，甚至蒙住了我整个童年。

现在我觉得，我突然清醒了，就像是从长久的沉睡中醒来（虽然当时我也并不感到十分惊讶）。我发觉自己生活在一个天花板很低、闷热又不干净的大房间里。墙壁是暗沉的深灰色；角落里是一个巨大的俄罗斯壁炉；窗户朝向街道，当然更确切的说法应该是对面房子的房顶，它们很低、很宽，就像一道道裂口。窗台离地面实在太高了，我记得我不得不垒上椅子或者长凳，然后才能设法够到那儿。没人在家的时候，我就喜欢坐在那里。从那儿，我可以看到半个城市。我们居住的地方是一栋六层小楼的屋顶之下，我们全部的家具不过是一张到处是灰尘和尿渍的破沙发，那沙发还是拿边角料连攒带粘搞出来的，还有一张简陋的白桌子，两把椅子，一张妈妈的床，角落里还有一个不知道装着什么东西的小橱柜，还有一个永远歪着的抽屉柜，以及几面破烂的纸屏风。

我记得那是黄昏时分，一切都处于杂乱无章和四处散落的状态——刷子、破布头子、我们的木头碗碟、破烂瓶子，还有些不知道是什么的东西。我记得，我的妈妈很激动。她因为什么事儿号啕大哭。我爸爸则裹着他那身破旧的常礼服，坐在房间的角落。他冷笑着，嘀咕了她一句，这让她更生气了。这时候刷子和碗碟都飞到了地板上。我也哭了，尖叫着冲向他们两个。我吓坏了，抱住父亲，紧紧地抱住他，用自己来保护他。可能只有上帝知道，我当时为什么觉得妈妈发脾气是无理取闹，为什么觉得父亲没有过错。我想要为他辩解，甚至代他受罚。我非常害怕我妈妈，也认为所有人都像我一样害怕她。

妈妈一开始很惊讶，然后抓住我的手，把我拖到屏风后面。我的胳膊撞在床上，很疼，但是我的惊恐甚于疼痛。我甚至连眉头都没皱一下。我还记得，妈妈开始痛苦地、激动地指着我，对着我叫嚷，告诉我父亲的所作所为（在这个故事中，我还会继续称呼他为父亲，因为很久之后我才知道，他不是我的生父）。争吵持续了大概两个小时，而我，则因期待而颤抖着，我尽我所能去猜测这一切将会怎么收场。最后，争吵平息了，妈妈出门了。然后父亲把我叫了过去，亲了亲我，摸了摸我的头，让我坐在他的膝盖上。而我，紧紧地、甜蜜地贴在他的胸口上。也许，那是我父亲第一次爱抚我，也许这就是为什么我从此时此刻开始清晰地记得一切。我也注意到，我能获得父亲的宠爱是因为我袒护了他。也就是从这时候起，我第一次被一种想法震撼，那就是父亲承受了很多来自母亲的苦难。从那时候起，这个想法就永远伴随着我，随着日子一天天过去，我也越来越愤愤不平。

也是从那一刻起，我对父亲产生了某种无限的情感。但这是一种奇怪的爱，好像根本不是孩子式的。我会说，那更像是一种出于同情的、母性的爱。如果这样定义我的爱，对于一个孩子来说，不显得可笑的话。我的父亲总能让我觉得可怜，他备受迫害，忍受压制。对我来说，倘若我不竭尽所能地爱他、关心他、照顾他、亲热他，将会是一件可怕的事情，是一件没人情、没人性的事情。但直到现在我也无法理解，为什么我会觉得我父亲是这么一个受苦的人，这么一个不幸的人。究竟是谁向我灌输了这些呢？我，作为一个孩子，又凭借着什么理解了他个人的不幸呢？但我就是理解。与其说我理解，倒不如说是编织，我在想象中曲解和编织了这一切。但时至今日我还是无法想象我究竟是怎么有了这样的印象。也许是因为母亲对我过分严格，于是我就依恋父亲，依恋一个我认为和我一样受苦难的人。

我已经讲述了我从婴儿般的沉睡中醒来的第一个时刻，我在生命中的第一个动作。也是从这个第一刻起，我的心就受到了伤害，我以一种难以理解、令人疲惫的急速开始发育了。那些单一的外在印象已经不能让我满足了。我开始思考，开始推理，开始观察。但是这种观察发生得实在太早，早到有种不自然的感觉，早到我不得不动用我的想象力重新构造一切。我突然发现，自己处于一个特殊的世界里。我周围的一切越来越像父亲总是给我讲的神奇童话。那个时候，我不得不把它当成是纯粹的真事。奇怪的概念诞生了。我虽不知道这一切究竟是如何发生的，但我了解得清楚，我确确实实生活在一个古古怪怪的家庭里。不知道为什么，我的父母和我在那个时期遇到的人全然不同。

为什么呢？我想，为什么我只需看别人一眼，就知道此人的生活不似我父母那般？为什么我一注意到别人的笑声，就会立刻想起我们生活的那个犄角旮旯里从来没有笑声、没有快乐？为什么我会被这样的事实深深震撼？

究竟是什么力量，什么原因使得我——一个九岁的孩子，如此勤勤勉勉地观察每一个人的一言一行、一举一动，却根本不管他究竟出自何处，有时是在街上或者楼梯上遇到，有时是我在傍晚时分，裹着妈妈的旧衣服，遮住自己的破布烂衫，去商店买上几个铜板的糖、茶或者面包时遇到的人？

我明白了，但是我不记得自己是怎么明白的。在我们苟且的那个犄角旮旯里，有种永恒长存且无法忍受的悲伤。我绞尽脑汁，只是想知道为什么就成了这个样子。我不知道究竟是谁帮助了我，让我能以这一套逻辑乱猜这一切。我责怪妈妈，认为她就是坑害父亲的恶人。我再说一遍：我不明白这种可怕的想法究竟是怎么在我想象中形成的。我有多么依恋我的父亲，就有多么痛恨我可怜的妈妈。

时至今日，这样的记忆仍旧纠缠着我，撕扯着我。

但还有一件事，比第一件事更让我奇怪地亲近父亲。有一回，晚上九点多，妈妈吩咐我去杂货店买些酵母。当时父亲不在家。我回来时在街上摔倒了，一碗老面也就都撒掉了。我的第一想法是妈妈会多么生气。与此同时，我的左胳膊也痛得厉害。我站不起来了。过路的人们有的停下，一个老奶奶试着扶我起来，一个过路的男孩子跑过来用钥匙敲着我的头。最后，我站起来了，捡起碎了一地的碗，颤颤巍巍地往家的方向走。就在这时，我看到了父亲。

他站在一个大户人家的房门前，就在我的对面。屋内灯火通明，屋外有好几辆马车，悦耳的音乐从窗里飘到街上。显然，这房舍的主人非富即贵。我抓住父亲礼服的一角，给他看被我摔碎的碗，哭着说自己不敢去见妈妈了。我好像就是相信，他一定会袒护我。至于如此相信的原因，究竟是谁暗示我的？究竟是谁告诉我他比妈妈更爱我的？究竟是什么促使我无所畏惧地亲近他的？

他拉起我的手，开始安慰我。然后说，他想给我看一件什么东西，还把我抱了起来。我什么都看不见，还因为他抓住了我受伤的胳膊而疼得要死。但是我没有喊叫，不想让他伤心。他一直问我看到什么没有。我则尽最大努力去取悦他，回答说，我看到了红色的窗帘。当他想带我去往街的对面，离那房子更近的时候，我哭了，不知为何哭了。我搂住他，央求他快点上楼，回到妈妈那里。我记得，父亲的抚摸让我更难过了。我无法承受一个我那样想去爱的人如此疼我、爱我，而另一个我想去爱的人却让我恐惧得不敢靠近。

但，妈妈几乎没有生气。她打发我去睡觉。尽管，我记得，手臂上的疼痛越来越强烈，我甚至发起了烧，但我还是高兴的。一切就这么结束了，顺利地结束了。那一晚，我的梦里全是那座挂着红色窗帘的房子。

于是第二天我醒来的时候，第一个跳入脑海的就是那座挂着红窗帘的房子。妈妈一出门，我便爬上窗户，盯着它。这栋房子已然激发了我这个小孩子的好奇心。我特别喜欢在傍晚盯着它看。街道燃起了灯火，透过一整块大玻璃窗，灯火通明的屋内那些紫红的帘子闪耀着一种绯红的、特别的光。门廊之外，总是有各式各样的华丽马车缓缓驶过。它们无一不套着漂亮又高傲的骏马。那门口的叫嚷和骚动，马车上的各式灯笼，随车而来的衣着华丽的贵妇、少女，都紧紧抓住了我的好奇心。在我童年的想象中，这一切甚至有了某种只有君王才可般配的豪华和童话才得以见的魔力。现在呢，我在那里遇到父亲后，这房子的神奇和不可思议加倍了。现在，在我惊异的想象中也开始产生了一些奇妙的想法和假设。在父亲和母亲这般古怪的人中间，我能有这种想象和假设也没什么好惊讶的，我不过也变成了那种热爱幻想的古怪小孩儿。父母之间的性格差异也在不经意间吸引了我的注意。比如说，为什么妈妈总是因为家里拮据的生活忙碌和奔波？为什么她总是在责备父亲？为什么她总强调说只有自己在做事？我不禁问自己：为什么父亲一点也不帮助她？为什么他在我们的家中像个外人一样？

　　妈妈的几句话让我有了个概念，我惊讶地发现，我的父亲竟然是个艺术家（我记住了这个词），是个不世出的天才。在我的想象中，一个奇怪的想法立马出现了，那就是艺术家一定是某种特殊的人，和其他人完全不一样。也许是我父亲的行为让我有了这样的想法，也许是我父亲口中的话让我有了这样的想法。但不知何故，当他有一次在我面前怀着某种特别的情感对我倾诉的时候，他口中的话对我而言却奇怪地容易理解。他说，总有一天，他不再贫穷；总有一天，他也能成为老爷，成为大富大贵之人。他还说，只有当妈妈死去的时候，他才能复活。我记得，一开始他的这些话让我吓得要死。我甚至没法待在房间里了，只得跑进我家寒冷的门厅，靠在窗户上，两手捂着脸，号啕大哭。但是后来，当我不停地琢磨这件事，尤其是我习惯了父亲的这些可怖愿景时，那些白日梦却总是忽然出现，帮些倒忙。

是的，我自己也不可能被未知困扰太久，我必须锚定在某种假设上。虽然我不知道这一切究竟是怎样开始的，但是在最后我还是锚定了，锚定在一个点上，那就是：当妈妈去世的时候，爸爸就会离开这个无聊的寓所，带我去……

去哪儿呢？

我直到最后也没法弄清楚。我只记得，只记得我认定了我们会一起离开；只记得我脑海中充满了幻想，幻想着那些能被我用来装饰我和他新寓所的东西，那些能让那个地方辉煌、宏伟和奢华的东西。这些幻想在我的白日梦中都被实现了。我觉得，大富大贵并不遥远。我再也不用被使唤去商店跑腿了；再也不用做这些令我厌烦的事情了；再也不用担心在路上被隔壁的小孩儿欺负了；再也不用小心翼翼地捧着黄油或是牛奶，不用担心自己不小心洒了它们而受到责骂了。我拿定了主意，幻想着，父亲会立刻为自己做一身体面的衣服，我们会住在奢华的房子里。而现在，这个挂着红色窗帘的大房子，和在它旁边与父亲的偶遇，以及父亲想让我看到的东西——全部这些，都成了我的想象素材。在我的设想中，我觉得我们就要搬进这栋大房子里面了，就要在里面生活，就要享受那种永恒的欢乐和幸福了。

从那以后，每逢傍晚，我都怀着紧张的好奇，透过窗户眺望着这座对我而言无比神奇的大宅，想象着不日将临的好生活，向往着那些客人，那些我不曾见过的衣着华丽之人。我仿佛听见了窗外飞来阵阵音乐，如此甜美；我凝视着窗帘上闪动的人影，绞尽脑汁猜测着里面的事情。那儿的一切于我而言，是天堂，是永恒的节日。我恨我们可怜兮兮的寓所,恨自己的破布烂衫。有天,妈妈吼我离开,让我从窗台上下来。我脑子里顿生一念,觉得她不过是不希望我看到那个房子,不让我想它;她不喜欢我们的幸福,她想阻止这幸福的来临;这一次也是……整整一晚,我仔细又怀疑地盯着她,整整一晚。

为什么我能如此对待一个受苦受难的人,就像我的妈妈,我为什么对她那么有敌意?直到现在,我才理解了她痛苦的生活,我不可能不带着心痛回忆起这个受苦的人。即便在那个时候,在我那奇怪童年的黑暗时期,在我生命的第一次不自然发展时期,哪怕忧虑、不安和怀疑笼罩着我的灵魂,我都有一颗因同情和痛苦而缩紧的心哪。即便,我时常也会痛苦,觉得我对妈妈不公平,我也会因此而难过。可我们之间就是有些疏远,我不记得和她哪怕亲近过一次。现在,哪怕是最微不足道的记忆也常常会刺痛和震颤我的灵魂。我记得有一次(当然,我现在要讲的事情是最微不足道、最粗俗的,但就是这样的回忆令我莫名其妙地痛苦,甚于一切刻在我记忆中的东西)——有一次,那是一个晚上,父亲不在家,妈妈又使唤我去杂货店买些茶叶和糖。但是她在犹豫,在算计,在念念有词地数着我们寥寥无几的铜板。我觉得,哪怕再过半个点,她也算不完。况且,有时候我的妈妈会突然陷入到某种无意识的状态中,她可能是发烧了。我现在都记得,她一直在有节奏地念叨着,轻声算计着,就像是无意中的脱口而出。她独自思考的时候总是这样,苍白的脸颊和嘴唇,颤抖的双手,摇晃着的脑袋……

"别了,不用了,"她看了我一眼,说,"我还是去睡觉吧。嗯?

你要睡觉吗,涅朵奇卡?"

我沉默了,这时候她托起了我的头,充满爱意地看着我,那么温柔,那么亲切。她的脸上焕发着充满母性的微笑,在我的心头泛起一阵温暖的酸楚。它剧烈地跳动着。此外,她称呼我为"涅朵奇卡",就意味着在此刻她无比爱我。这个名字是她自己发明的。她满怀爱意地把我的名字安娜改成了涅朵奇卡。当她这么叫我时,就意味着她想要爱抚我。我受到感动,我想抱住她,依偎着她,和她一起哭。她,那个可怜的人,长久地摸着我的头。也许只是机械地,也许已经忘记了她还在爱抚我。她念叨着:"我的孩子,安涅塔,涅朵奇卡!"

泪水拼了命似的要涌出我的眼眶,但我克制住了,坚持住了。我不知道为何我总是如此固执,不肯在她面前表达我的情感,哪怕我自己也在痛苦。这不可能是我对她充满敌意的天性使然。不可能只是因她对我严厉,我心中就滋生出如此的逆反心理。不!我被对父亲的那种充满幻想和不同寻常的爱狠狠坑害了。有时我会在晚上醒来,在角落里,在我的小床上,在冷冰冰的毯子下面,体会一阵又一阵浸入骨髓的恐惧。有时,在半梦半醒之间,我还能回想起来,就在不久之前我还和妈妈一块睡觉,不那么害怕在夜间醒来。仿佛只要靠着她,闭上眼睛,抱住她,紧紧地抱住她,我就能很快回归梦乡。我仍然觉得,我可能还是悄无声息地爱着她。后来,我总注意到,孩子们的无情往往畸形,他们如果爱上了某个人,那么这种爱一定是排他的。我也如此。

有的时候,我们苟且的那个犄角旮旯会突然陷入到一片死寂之中，沉默一连就是几个星期。父母双方都厌恶了争吵，而我则和之前一样，夹在他们中间，沉默着，思考着，渴望着，幻想着自己梦中想要的什么东西。我仔细观察着他们二人，完全理解了他们之间的关系。我理解了他们沉默中的永恒敌意，理解了我们生活中的一切痛苦和混乱，理解了这股乌烟瘴气已经在我们生活的犄角旮旯里有了自己的位置。当然，我的理解没有原因。我只是理解了，我只是能理解多少就理解多少了。有时候，在漫长的冬夜，我会蜷缩在某个角落里，贪婪地观察他们几个小时，凝视着父亲的面庞，尽力猜想着他脑海中的想法，思考究竟是什么让他如此专注。然后我的母亲，她能让我同时感觉到惊讶和害怕。她一刻不停地在房间中走动，一走就是几个钟头。甚至在夜里，在她为失眠所困扰的夜里，她也会一个人在房子里来回踱步，念念有词，自言自语。她时而挥舞双手，时而把它们交叉在胸前，时而以某种可怕又无尽头的渴望把它们扭在一起。就好像我们都不存在似的。她也会哭，可能自己也不知道为什么就哭了起来，有时她也会突然陷入到恍惚中。她病了，病得很严重，只是她完全没当回事。

我记得，我的孤独和不敢打破的沉默让我越来越沉重。我已经过了一年有意识的生活了，我已经思考了一年，梦想了一年，却也在泥淖中痛苦了一年，被一些说不清道不明的欲望折磨了一年。这些欲望从我心中萌发。我变得孤僻，就像是生活在森林中。最后，第一个注意到我的人是父亲。他把我叫了过去，问我为什么要那么专注地盯着他。我已经忘记了当时是如何回答的，但还记得他的反应。他沉思了一会儿，看着我说，明天他就会搞来字母表，开始教我读书认字。我迫不及待地憧憬着这个叫作字母表的东西，整夜都梦想着这个叫作字母表的东西，可是我根本不知道它到底是个什么东西。终于，在第二天，父亲真的开始教我了。我很快就学会了，因为我知道这样做能取悦他。这是我生活中最快乐的时光。当他因为我的理解力而表扬我、爱抚我、亲吻我时，我甚至会因兴奋而哭泣。渐渐地，父亲开始喜欢我。我已经开始和他交谈，哪怕我做不到完全理解他口中说出的每一个词，我们俩还是能聊上几个小时。我因此还有些担忧，总害怕他觉得和我在一起很无聊。所以，我尽一切努力向他展示我能理解到的全部。每晚都和他坐在一起聊天，最终成为他的生活习惯。天色一变暗，他一回到家，我就会拿着字母表缠着他。这时，他会让我坐在对面的长凳上面对着他，课程一结束他就开始读一本什么书。我什么都不懂，但就是能哈哈地笑个不停，觉得这样也能让他开心起来。确实，我成功地吸引了他的注意，看着他笑，看着他对我充满兴趣的样子。就在这段时间，有一天下课后，他给我讲起一个童话故事。这是我听到的第一个童话。我就像是被施了魔咒一样，定定地坐在椅子上，焦急地等待着下文，跟着故事桥段飞到了某个极乐之地。等到整个故事结束，我已经兴奋得不得了了。至于原因，不是什么童话故事，不是！原因是，我把它当成真事儿了。我的想象力又占领高地了，我任凭它肆意飞舞，自由发挥——虚构的、现实的，全都被它混搅在一起了。几乎是同时，那个挂着红色窗帘的房子也出现在了我的想象里。接着，天知道发生了什么，那个给我讲这个故事的人，也就是我的父亲，成为故事中一个行动的角色，还有一个反派——一个阻碍我们去向那里的人，她是我的妈妈。故事的最终……不对，也许我应该换种更确切的说法。在我自己的故事里，在这个由我的那些想入非非、由我热衷幻想的脑壳共同编织出来的，充满了疯狂、野蛮和不可能的幻象里，在这种因为混杂而诞生的丑陋乱象里，我丧失了所有分寸，丧失了所有判断，丧失了所有对现在的、真实的感觉，甚至忘记了自己究竟是在什么地方生活了。

在这段时间里，我无比渴望同父亲交谈，想知道当我们离开这个犄角旮旯里的烂阁楼时，究竟有什么在未来等待着我们，他到底在期待着什么，他最终会带我去哪里。我确信，只是我单方面地确信，这一切就要发生了。但这一切将以何种方式发生，我不知道，只是思考着，任凭这种思考折磨着自己。往往是在傍晚，我觉得爸爸随时会向我眨眨眼，让我去门廊，而我则要悄悄地从妈妈身旁溜过去，拿上我的字母表，拿上我们蹩脚的版画（它已经在我们家墙上挂了好多年了，连画框都没有，我也不知道为什么非要带上它），同爸爸一起悄悄地逃走，去往某个地方，再也不回到妈妈这里了。

有一回，妈妈不在家，我故意选了一个父亲特别愉快的时刻，当然他喝了一点儿酒，我走到他身边，先张开嘴随便说了什么，目的明确，就是把话题尽快转移到我想说的事情上。终于，我做到了，他笑了。我紧紧地抱住他，心脏颤抖着，恐惧着，就像是准备谈论某种神秘而又可怕的事情。我支支吾吾、语无伦次地问他，我们去哪里，什么时候去，要带什么去，去了之后会过上什么样的日子，最后，我们会住在那个有红色窗帘的大房子里面吗。

"什么房子?什么红窗帘?什么意思?你在胡说些什么?"

这时,我比先前更害怕了,只得向他解释:当妈妈死掉的时候,我们就不会住在这个阁楼里了;他会带上我去别的地方,我们会过上富有的、幸福的生活;我还向他强调说,就是他自己向我承诺了这一切。我在说服他的时候,真的完全相信父亲以前确实对我说过这样的事情,至少我是真这么觉得的。

"妈妈?死了?妈妈什么时候死的啊?"他一边重复着,一边惊讶地看着我,他那灰白、浓密的眉毛早已皱成了一团,脸色也变了,"你在说什么啊……可怜的傻孩子啊……"

他开始责备我了。他语重心长地告诉我,我是个什么都不懂的傻孩子……我不记得他还说了什么,只知道他伤心极了。

他对我的责备,我一个字都理解不了。我不能理解他的痛苦,不能理解他在愤怒和绝望的忧愁中说出的话。哪怕我几乎记下了全部,哪怕我已思考了一遍又一遍。不论他当时是什么样的人,也不论他究竟癫狂到了什么地步,现在这一切也足够他惊掉下巴。然而,我还是不能理解,他为什么要生气呢?我痛苦极了,悲伤极了,只得哭起来。我一直觉得,未来等待我们的事情是那么重要,重要到我都不敢开口问,甚至不敢动脑想。

尽管,我从一开始就没明白他的话,但是我能感觉到,尽管是模模糊糊地感觉到,我对不起妈妈。惧怕和惊恐袭上我的心头,疑虑也溜进了我的灵魂。当时他眼见我哭了,眼见我因委屈而沮丧,便开始安慰我。他用袖子擦干我的泪水，命令我别哭了。我们相顾无言，就这么坐了好久。然后，他皱起了眉头，就像是反复思考着什么，过了很久才又跟我说话。但不论我如何集中注意力，我都觉得他说出来的话极其不清楚。时至今日我仍旧记得他口中的话，也正是凭借于此，今日的我才能笃定，他当时在向我解释——他是谁，他是个多么伟大的艺术家，人们有多么不了解他，他多么有天赋。我还记得，他问我：真的听明白了吗？当然，在收获了令他满意的回答后，他重复问我，他有天赋吗。我回答："有天赋。"

对此他轻轻地笑了几声，也许到了最后他也觉得自己可笑吧，他竟然能和我说起这个对他而言如此严肃的话题。我们的谈话被访客打断了。来者名叫卡尔·费尧多罗维奇。我笑了，阴霾一扫而光地笑了，因为当时爸爸指着他，对我说：

"可是卡尔·费尧多罗维奇一个卢比的天赋都没有。"

这个卡尔·费尧多罗维奇是个非常有意思的人。在那个时间段，我也没见过几个人，因此对他印象深刻。现在我还记得：他是个德国人，姓迈耶，为了在彼得堡芭蕾舞团谋个生计，满怀希望地来到了俄罗斯。但他舞技奇差，甚至剧院里的人连个群舞演员的职位都不想给他。他也只能靠跑龙套为生。他曾经扮演了福丁布拉斯的随从中各种不说话的角色，又或是维罗纳的麾下骑士。那些骑士足足有二十人，所谓戏份，也不过是齐刷刷地举起硬纸板做的短剑，高呼："为国王而死！"不过可以肯定的是，世界上没有任何一个龙套演员能像卡尔·费尧多罗维奇一样，如此忠实于自己所扮演的角色。他一生中最糟糕的不幸和最深刻的痛楚是，自己没能进入芭蕾舞团。他认为芭蕾是高于一切艺术的艺术。从某种程度上讲，他就像父亲依赖小提琴那般依赖着芭蕾。他们还在剧院工作时就成了朋友，从那以后，这位退休的龙套就再也没有离开过他。这两人经常见面，经常哀叹自己时运不济，怀才不遇。这个德国人本就是这个世界上最敏感、最温柔的人，他自然对我父亲也怀有最真诚、最无私的友谊。只是我父亲似乎不太把他当回事，不过是把他当成一个熟人，一个能包容的熟人。毕竟，像他这样的人也没多少。

此外，以我父亲那排他的性格，怎么也理解不了芭蕾也配称得上艺术。可怜的德国人能因此被我父亲气哭。当然，我父亲也知道他的这根心弦何其脆弱，自然也会时不时拨弄拨弄。每逢卡尔·费尧多罗维奇情绪激动、脾气大发、急忙反驳的时候，父亲便会嘲讽他。后来，我从 B 那里得知了更多关于卡尔·费尧多罗维奇的事情。B 给他的外号是"纽伦堡的小矮人"。也是从他那儿我得知他们两个的友情，他们经常见面，经常喝酒，经常为时运不济和怀才不遇痛哭流涕。我记得这其中的一些聚会，也记得，我看着这两个怪人也会无缘无故地笑出来。聚会往往发生在妈妈不在家的时候。德国人非常害怕我妈妈，总是站在门厅里，等待有人出来。如果他发现妈妈在家，就会转过身去立马下楼。他总是带着一些德国诗歌过来，给我们两个大声朗读，用他蹩脚的俄语给我们翻译。父亲把他当成个好消遣，我总是被他逗得流出眼泪。但有一次，他们俩不知从哪儿搞来了一篇俄语作品，极大地燃起了他们的激情，以至于在之后的很长一段时间里，他们只要在一起就会朗读它。

我记得那是一位著名的俄罗斯作家创作的诗剧。因为听得太多，我都已经能把整个剧目的开头几行背出来了。很多很多年后，机缘巧合之下我拿起了这本书，几乎毫不费力就认出了它。这部诗剧讲的就是一位艺术家的种种不幸，叫什么热纳罗还是什么贾博柯来着，在剧本中的某一页，此人高喊"我怀才不遇啊"，却又在另一页高喊"宝马得了伯乐"，或是又喊"我什么天赋都没有"，隔了几行之后便又喊了些什么"我蕴大才"之类的话。一切都结束得凄凄惨惨。当然了，这也是一部彻头彻尾的二流作品。但神奇的是——它以最天真的和悲剧性的方式影响了那两位读者——他们发现自己和那主人公有诸多相似之处。我记得，有时真情实感滚滚翻涌之下，卡尔·费尧多罗维奇会从座位上跳将起来，跑到对面的角落，眼中含着热泪，不依不饶、斩钉截铁地要求我父亲，还有被他称为"大小姐"的我，立刻对他与命运、与公众之事做出评判。他狂舞着，施展各种步法，对我们高喊，让我们立刻告诉他，他到底是不是艺术家，以及是否可以反对，换句话说，就是他到底有没有天赋。

爸爸一下子高兴起来，悄咪咪地对我挤了挤眼睛，好像是在通告他要开始嘲弄这个德国人了。我觉得可笑极了，但父亲立马做了个手势，让我控制住自己。我则因为想笑却不能笑，憋得喘不上来气。

即便到了现在，回想起来那次，一切仍旧历历在目，就好像那位卡尔·费尧多罗维奇就在我眼前似的。他个子不高，瘦瘦的，头发都白了，红红的鹰钩鼻上沾着鼻烟，还有一双罗圈腿。尽管如此，他还穿着芭蕾裤，好像要向我们夸耀这双腿的构造。当他最后一步结束，一个大跳收尾，摆出姿势，向我们伸出双手，嘴角扬起一抹微笑，就像是每一个芭蕾舞演员完成最后步法一样。我父亲盯着他，故作沉默，表现出一副不知该怎么评论的踌躇姿态，故意让那个怀才不遇的舞蹈演员保持着那个姿势。可他是在单腿站立，必须竭尽全力才能保持平衡，没过多久就开始左摇右摆。最后，父亲神色严肃地瞥了我一眼，好像是在邀请我见证他的评判是多么不偏不倚，而此时舞蹈演员就只能向我投来充满怯懦和恳求的目光。

"不行，卡尔·费尧多罗维奇，你怎么整都不行！"父亲开口了，假装自己也不愿意说出这残酷的事实。卡尔·费尧多罗维奇的胸膛中迸出一声实打实的呻吟，但转瞬间他又振作起来，急切地吸引我们的注意力，说自己刚才只是没有按照既定的章程跳舞罢了，请求我们再评判他一次。然后他又跑到另一个角落里，因为跳得实在用力，脑袋都撞在了天花板上。估计是疼了，但他仍旧像个英勇的斯巴达人，强忍住疼痛，停下后摆好姿势，挤出微笑，伸出双手，再要求我们决定他的命运。但是父亲不为所动，愁眉苦脸，依旧回答说：

"不行，卡尔·费尧多罗维奇，认命吧，你怎么整都不行。"

这时我再也忍不住了，笑得前仰后合，打起滚来。父亲也跟着我一同哈哈大笑。而卡尔·费尧多罗维奇终于注意到了，我们只是在消遣他。他气得满脸通红，气得眼含热泪。虽说场面滑稽，但我还是能感觉到他这个不幸的人心底的悲伤，他说：

"你这个没信义的傻瓜！"

然后他抓起帽子,从我们这儿冲了出去,还向全世界发誓说再也不会来了。但这种冲突没法长久。没过几天,他就又出现在我们这里了。他还是会和我父亲一块读起那出诗剧,还是会在动情处洒下泪水,还是会天真地要求我们评判他与公众、与命运之事。只是这次,我们选择了认真回应他的恳求,就像对待真正的朋友那般,没有嘲讽他。

有一回,妈妈使唤我去一家小商店买些东西,我小心翼翼地拿着一枚找零的小银币回到了家。上楼的时候,我遇到了正要出门的父亲。我朝着他笑了起来,因为我一看见他,就抑制不住自己的感情。他则俯下身,亲吻我,看到了我手心里的银币。我忘记说了,我对他的表情实在是太了解了,只需要一瞥我就能知道他到底想要什么。他愁容不展,我就郁郁寡欢。对他而言,天下最愁苦的莫过于兜里一个子儿没有,一滴酒也买不到的时候。只是说,这样的事情已经频繁得几乎成为某种习惯。但那次,就是我在楼梯上同他四目相对的那一刻,我发觉他闪烁又迷茫的眼神中藏着些特别的东西。一开始他甚至都没有注意到我,然而等到他看到我手里的小银币时,他的脸忽地红了,随即泛起一阵惨白。他本想伸出手来,拿走我的钱,可马上又把手收了回去。显然,他内心深处斗争着。最后,他好像克制住了,唤我上去,自己则转身下楼,没走几步却又停下,回头对我说(他窘迫极了):"涅朵奇卡,听着,把这钱给我好不好呀?我会还给你的。好不好呀?你会把它给爸爸的吧?涅朵奇卡是个好孩子对不对呀?"

这一切我似乎早就预感到了。可几乎是瞬间,我就想到了一定会生气的妈妈,想到自己因父亲而产生的羞耻感,我犹豫了。他也注意到了我的犹豫，急急忙忙说：

"哎……不需要了，不需要了……"

"爸爸，别，别，拿着吧！我就说我弄丢了，我就说我让隔壁小孩子抢了。"

"好，好吧，好吧……我就知道，你是个聪明的孩子。"他唇边颤抖着微笑边如是说着。钱到他手里了，他感觉到它，喜悦溢于言表，无法抑制："好孩子！好孩子！你真是我的天使！让爸爸亲亲你的手！"

他抓住了我的手，想要亲吻，但我一把抽了回去。一种怜悯俘虏了我，耻辱折磨着我，恐惧压迫着我。没同他道别，我便离开了他，飞奔上楼。走进房间的时候，一种难以忍受且从未拥有过的感觉折磨着我，我的脸颊滚滚发烫，我的内心忐忑不安。但我仍旧可以勇敢，勇敢地对妈妈说些胡话，比如我把钱掉在雪地里了，找不到了。也许，迎接我的是至少一顿毒打。但一顿毒打都没有，妈妈只是沮丧，只是难过。我们实在是太穷了。她对着我大喊大叫，却好像突然反应过来什么。她不责备我了，只是说，早该料到我就是个又笨又粗心的姑娘，说我不够爱她，说我连她的钱财都看管不好。这比毒打还让我痛苦。但妈妈已经了解我了，她发现了我的敏感，甚至开始利用它。她变得更病态了，更容易生气了，她觉得只要她能表现出一副十分痛苦的样子，指责我不够爱她，就能给我些震撼，就能让我更小心点。

黄昏的时候，一如往常，父亲该要回来的时候，我仍旧坐在门厅里等待他。只是这一次，我的心弦似乎被什么东西拨动着，我的良心也被这东西折磨着。我想不明白。然后,父亲回来了。他的到来让我高兴,好像看到了他这种感觉就会缓解似的。他稍有醉意,但看到我的第一眼,立马摆出了一副神神秘秘又窘迫不堪的样子。他把我带到角落里,时不时鬼鬼祟祟地瞥一眼房门,又从大衣中掏出些糖果,低声责备我,要我以后不要再背着妈妈拿钱了。他说这是不好的,这是可耻的,这是非常不好的。可他又说,只是现在我们不得不这么干,因为他缺钱,但他日后一定会还上这笔钱,到那时候我只需要和妈妈说,我又把这笔钱找到了就可以了。他强调说,现在从妈妈那里拿钱是可耻的,这种事情以后连想都不可以想。他会想办法给我再买糖果,只要我仍旧像以前一样听他的话。最后,他甚至补充说,我应该给妈妈更多怜惜,她既有病又可怜,还要一个人为我们一个家赚钱。我惊恐地听着,抖得厉害,泪水夺眶而出。我震惊得说不出话来,甚至都动不了了。最后,他命令我,不要哭,不要把这事儿告诉妈妈。说罢,他就走进了房间。

　　那天晚上,我一直被一种莫名其妙的恐惧缠绕着。那是我第一次不敢正眼看我的父亲,也不敢亲近他。显然,他也在努力避开我的目光。妈妈在房间里来回踱步,自言自语,就像往常一样,似乎已经失了神。只是说,那天她的症状要更明显一些,甚至还发作了什么病。我实在是太难受了,最后竟也发起烧来。

　　入夜了,我睡不着,病态的幻梦折磨着我。最后我受不住了,哭了。那呜咽和抽泣声唤醒了母亲。她叫着我的名字,问我怎么了。我回答不了她,只能哭得更厉害了。然后,她点燃一根蜡烛,走到我的身边，安慰着我。她觉得，我应该是被梦里的什么东西吓到了。

她说："你个小傻瓜呀，哎呀，怎么长这么大了还会因为做梦哭呀……别哭啦！"

她吻了吻我，让我和她一起睡。

但是我不想，我不敢抱她，更不敢睡在她的身边。我在难以想象的痛苦中煎熬着。我真想坦白算了，把一切都告诉她。可转念一想，想起父亲的禁令，想起父亲，又只得作罢。

"涅朵奇卡，你这个小可怜，"她一边说着，一边让我躺在床上。我烧得发颤，她就把她那旧巴巴的披肩盖在我身上："你啊，随我，一定也会病歪歪的。"

她看我的眼神是那么悲伤，那么令我难以忍受。我只能眯起眼睛，翻过身去。我已经不记得我当时是怎么睡着的，但依稀有些印象：那晚，我可怜的妈妈一直在我身边哄了我很久很久，为我的安眠祈祷了很久很久。我从未感觉到如此深刻的痛苦，心缩得生疼。

第二天早上，我感觉好多了，同父亲说话的时候，完全没有提起昨天的事情。因为我觉得这样会让他非常高兴。他立刻高兴起来，在这之前，他看我的时候都一直皱着眉头。现在他看到了我快乐的模样。不久后母亲出门了，他再也控制不住自己了，趁机高兴地俯下身亲我。他的快乐也感染了我，我兴奋得近乎狂热，又哭又笑。最后，他对我说，有些好东西想给我看，还说，我这么个聪明又善良的小姑娘，只要看到了它就会非常高兴。然后，他解开背心，从怀里掏出一把钥匙。那钥匙拴着黑绳，一直挂在他的脖子上。然后，他神秘地看着我，仿佛想要从我的眼神中捕获到全部的快乐。依照他的想法，那种快乐必定是我能真真切切感受到的。他打开了箱子，小心翼翼地从里面掏出一个我从来没有见过的、奇怪形状的黑色盒子。他捧着这个盒子，小心翼翼地捧着，整个人都变了样子。笑容消失了，取而代之的是庄重。最后，他用方才的钥匙打开了那个神秘的盒子，从中掏出一个我从未见过的东西——一个造型奇怪的东西。他小心又虔诚地把那个物件捧在手心里，告诉我，这就是他的小提琴，他的乐器。接着，他开始用一种平静而庄重的声音对我说了很多话。我不能完全理解，只能模模糊糊地明白，他是一位艺术家，他有才华和天赋，在未来他会用这把小提琴演奏，我们俩都会因此而变得富有，过得幸福——巨大的幸福。泪水就这样涌出他的眼眶，流过他的面颊。我深受触动。最后，他吻了一下小提琴，也让我吻了一下。他看出来我想要好好地研究一下它，于是带着我去了妈妈的床边，把小提琴递到我手里。但我也能看出来，他生怕我把它摔坏了，怕得直打哆嗦。我双手拿着小提琴，碰了碰琴弦，它们发出了微弱的声响。

"这是音乐！"我看了一眼父亲。

"对！对！是音乐！"父亲重复着，欢乐地搓着双手，"你真是个聪明的孩子，真是个好孩子！"

可即便他在夸奖我，即便他很兴奋，我还是能感觉到他仍旧在担心他的小提琴。我也害怕不已，连忙把琴又还给了他。小提琴则被原路放回到琴盒中，被锁上，被放进大箱子里。而父亲，一如既往地摸了摸我的头，对我许诺说，只要我之后仍旧像现在这么聪明、善良、听话，就给我看小提琴。就这样，小提琴驱散了我们共同的悲伤。只是到了晚上，父亲出门的时候，轻声对我说，要我记住他前一天曾对我说的话。

我就这样在我们苟且的那个犄角旮旯里长大了，渐渐地，我的爱——不对，我应该将之称为一种激情。因为，我不知道除了激情之外还有什么词可以表达我对父亲的情感，那种不可抗拒的，令我备受折磨的痛苦情感，甚至是一种病态的一点就着的情感。我的生活中只有一种乐趣，就是想着他，梦着他。我的人生也只有一个心愿，就是去做任何能给他带来快乐的事情，哪怕是最微小的快乐。

我不知道自己在楼梯口等了他多少回，记不得自己有多少回因此而冻得浑身打战、冻得面色发白，可我记得，我只是想早一秒知道他回来，只是想更快地看到他的眼睛。他只要稍微给我些爱抚，我就能高兴到近乎疯癫。与此同时，我又总是会有一种痛苦的感觉，我竟然对那个可怜的妈妈如此冷漠。当我看着她眼睛的时候，总会有那么几分钟，我会难过，我会同情，我会痛苦。他们俩势如水火，就像是永恒的敌人，我不可能保持中立，我必须在他们之间做出选择，必须站队。结果，我选了这个半疯的人。只因为他在我眼里是那么可怜，那么卑微。这种可怜和卑微从一开始就以不可理喻之势深深震撼了我的幻想。

可是谁又能来评判呢？

我之所以会依恋他，可能是因为他的奇怪，又或是因为他的面容不似我妈妈那样严肃和阴沉。他就是个疯子啊。他身上同时表现出某种扭捏的做作，某种孩子似的胡闹。更可能是因为，和妈妈比起来，我不怕他，甚至我不尊重他。从某种程度上讲，他能和我平起平坐。甚至，我能慢慢感觉到，优势是在我这一边的，我能让他慢慢屈服于我，我对他已经是不可或缺的了。

为此我骄傲，为此我开心。而且，正因为我明白了自己对他而言必不可少，我甚至会同他调情。诚然，我的这份依恋中有一点类似浪漫的什么东西在，但是这种浪漫注定不会持续太久——很快，我就失去了父亲，失去了母亲。一场可怕的灾难夺走了他们的生活。时至今日，这场灾难仍旧痛苦地烙印在我的记忆中。

事情是这样的……

三

在那段时间，整个圣彼得堡都沸腾了，有一件大事儿要发生。坊间流传说著名的S-茨先生就要来了。当时全城的音乐圈都活跃了起来，不论是歌手还是乐手，抑或是诗人、画家、音乐爱好者，甚至那些连歌都没怎么听过的（当然，他们也会大言不惭地说自己一个音符都听不懂）都开始想办法搞到一张门票。抢票潮席卷了所有人。

圣彼得堡能付得起二十五卢布的人多了去了，演出大厅能容纳下的人连他们中的十分之一都不到。但S-茨的名声早已响彻欧罗巴，更何况他那桂冠加身的高龄，那永不衰退的新鲜才华，那最近确实很少执弓奏乐以悦听众的现实，外加此一回将是他告别演出的传闻，这一切的叠加产生了巨大效果。总而言之，此番印象既深刻又强烈。

我已经说过，只要有新的小提琴手，又或是稍有名望的小提琴家出现，都会给我继父带来极大的不快。他总是第一个去听新来的琴手演奏，只为尽快了解艺术的整体水平。很多时候，他甚至会因为人们对新来者的赞美而生病。而只要他找到了这个人演奏的缺陷，并把这种缺陷传播出去之后，他的病就好了。这个可怜的疯子认为，全世界只有一个小提琴手称得上有才华，只有一个小提琴手称得上艺术家，至于这位小提琴手，当然是他自己了。但是S-茨先生即将来到的传闻对我父亲产生了极其强烈的影响。至于原因，最近十年，圣彼得堡没有哪怕一个小提琴手配得上"天才"的名号；最近十年，圣彼得堡的小提琴手里没有人可望S-茨项背。因此，当时我父亲对于欧洲顶尖乐手的演奏根本就没有概念。

有人对我说，一听说S-茨要来，人们立马就能在剧院的后台看见我父亲了。据说，他非常焦躁，逢人就问S-茨和他音乐会的相关事宜。人们已经很久没在剧院后台看到我父亲了，他的再次出现甚至引发了骚动。有的人想要捉弄他，就用挑衅的口吻对他说："大先生叶戈尔·彼德罗维奇您哪，用不了多久就能听到不是芭蕾配乐的东西了，您能听到的是那种让您活不下去的东西。"

据说，这句嘲弄一出，我继父脸都白了。不过，他还是搭话了，皮笑肉不笑地说："等着瞧吧，有道是'隔山的铃铛才好听'[①]。他混巴黎圈子的，法国人嘛，跟个喇叭似的，是个人都能吹。大家又不是不知道法国人什么德行！"如此种种。

周围满是欢快的笑声。这个可怜人自然生气了。但是他克制住

[①] 俄罗斯谚语，形容因对某事不了解，或者了解不清楚才产生了巨大的好感。

了自己，补充说，现在他无须多言，"走着瞧吧，离后天也没多久了，玄乎玩意儿就要露出真容了"。

B 说，就在那天临近黄昏的时候，他遇到了 H 公爵。他是一个出了名的音乐爱好者，是一个对音乐有深刻了解，对艺术有充分热情的人。当时，他们二人就一边走着，一边谈论着那位要来的艺术家，就在一条街道的拐角，B 突然看到了我继父。当时，他正站在一家商店前，细细打量着 S- 茨音乐会的铅字海报。

B 指了指我父亲，对 H 公爵说："您看到那人了吗？"

"谁？"公爵问道。

"您听说过他的。这位就是我和您说过很多次的那个叶菲莫夫。您之前还赞助过他呢。"

"啊……这么说来也是有趣，"公爵说，"这人您确实谈过很多次，也确实有不少人说他这个人挺有乐子，我倒是想听听他拉琴。"

"犯不上……" B 回答说，"而且会难受的。我不知道您怎么觉得，这人对我而言，倒真是揪心。他这一辈子啊，就是一个可怕、可憎的悲剧。不管他这个人多么下三烂，我都能理解他，我都不讨厌他。我对他还是有些好感的。公爵，您刚说，这人挺有趣的，这倒是真的。但是啊，他能给人留下的印象……都太沉重了。首先，他快疯了。其次，他还因为快疯了造了三个孽。首先是他自己，其次就是两个无辜的生命——他老婆，他女儿。我太了解他了，如果他能意识到，家里人活成这样，全是因为他造的孽，他可能立马就死了。但可怕的是，八年了，他几乎已经形成了一种信仰。他为了这种信仰和良心斗争了八年了，就为了能彻彻底底地接受这种信仰。"

"欸……您之前说过，他很穷，对吧？"公爵再问道。

"对！不过对他而言，贫穷是一种幸福。因为贫穷给了他足够的借口。现在，他能大摇大摆地对所有人说，就是贫穷妨碍了他。倘若他有钱，他就能空出时间，能安心下来。到时候，所有人立马就能看到，他才是真正的艺术家。他结婚，也不过是靠着一个古怪的梦呓。他觉得，只需要他老婆的一千卢布，他就能站起来。这人儿现在已经是个白日梦专家了，像个诗人，其实他在日常生活中也是这样。您知道他这八年来一直在念叨什么吗？他说，这一切的罪魁祸首就是他老婆，是他老婆耽搁了他。他两手一摊，什么活儿都不想干。要是您现在就把他老婆从他身边掳走，他立马就会成为全世界最惨的生物。他已经好几年没拿起小提琴了，您知道为什么吗？因为每当他拿起琴弓的时候，他都得从心底里承认，他啥也不是，根本不是什么艺术家。好，只要琴弓还放着，就会有一丝模糊的希望尚存——这一切都不是真的。他是个白日梦专家。他总觉得，突然，好像某种奇迹降临了，他就能成为这个世界上最出名的人，就像他的座右铭'aut Caesar, aut nihil'[①]，好像可以突然……一瞬间就成为恺撒似的。他就想要名声。可如果，一个艺术家追求艺术只是为了名声，那么这艺术家也就不是什么艺术家了。因为，他把艺术的本能丢了。艺术的本能就是对艺术本身的热爱呀，爱的是艺术本身，而不能是什么其他的东西……什么虚名，什么荣耀。S-茨就是一个反例。他拿起琴弓的

[①] 要么是恺撒，要么什么都不是（拉丁语）。

时候，对他而言，这个世界上除了他的音乐，什么都没了。放下琴弓，他首先关心的也是演出费，接着才关心名声。但其实他不怎么在乎这东西。可您知道，这个可怜人，"B指了指我继父，继续说道，"他在乎什么吗？他在乎的是这个世界上最愚蠢、最微不足道、最可悲、最可笑的事情，那就是，他是不是比S-茨更厉害，又或是S-茨有没有比他更厉害。仅此而已。只因为，他就是相信，他才是世界第一音乐家。如果让他相信了他不是音乐家，我可以告诉您，他立马就会死，就像被雷劈了一样，立马就死。放弃一以贯之的想法实在是太可怕了，他已经为了这个想法牺牲一辈子了。倒不是说这个想法没道理，它确实深刻，确实严肃，因为这个人打一开始确实有些天赋。"

"你说，他要是听到了S-茨的演奏，会发生什么？"公爵问道。

"嗯……"B沉思着说，"不会，他不会立马清醒过来。他的疯狂比真实更强大。他会立马想出某种借口……"

"您当真这么觉得？"公爵继续问道。

他们一边说着，一边走着，自然也就和我父亲排成一行了。我继父本想偷偷溜走，但B唤住了他，问我继父会不会去听S-茨的音乐会。继父漠然地回答说，不知道。他说他有些比听音乐会、比见巡回乐手更重要的事情。但如果他能有一小时的空闲，无论如何他都会去看看。

"为什么不呢？"

他说他可能会去。说着，他快速而不安地瞄了B和公爵一眼，假模假样地笑了一下，拿起了自己的帽子，点头致意，快步走了，推说改天详谈。

在这之前一天，我依旧注意到了父亲有烦心事。我不知道究竟是什么事情在折磨着他，但我知道他正处于极度的不安之中。这种不安就连妈妈都注意到了。那段时间，她病得严重了，连腿都挪不了了。当时父亲不断进进出出。早上有三四个客人来见他，那些是他过去的同事，这倒是让我惊讶。因为除了那个德国人卡尔，我几乎没有见过别的人来到我们这里。自从父亲离开剧院后，所有人都疏远了我们。最后，德国人卡尔气喘吁吁地跑来了，他拿着一张海报。

我细细听着、看着，但目前发生的一切让我感到不安：就好像所有事情都是我一个人的过错，都是我害得父亲焦躁不安，害得周遭乱成一团。我真的很想弄明白他们到底在说些什么。这也是我第一次听到 S- 茨的名字。然后我明白了，要见到这个 S- 茨，至少要花上十五卢布。我记得，爸爸不知道怎么了，突然就失控了，他摆着手说，那些不过是外国人糊弄人的玄乎玩意儿；说 S- 茨这个旷古绝伦的天才不过是犹太人为了忽悠俄罗斯人的钞票编出来的鬼话，毕竟俄罗斯人是个当就会上，哪怕是已经过了时的当。当时，我已经知道了"没有才华"这个词儿究竟是什么意思。客人们听到了爸爸的话，放声大笑。但他们没过多久便离开了，空留我父亲一个人独自惆怅。我明白，他因为什么事情对这个 S- 茨很是生气。为了讨好他，为了让他别再那么烦闷，我走到桌子边，拿起了海报，大声朗读起 S- 茨的名字。然后，我笑了笑，看了看坐在椅子上沉思的父亲说："这个人肯定和卡尔·费尧多罗维奇差不多。这个人，肯定也不会成功。"

父亲听到我这番话，立马夺过了海报，叫嚷着跺了跺脚，抄起了帽子就要离开房间。但没迈出两步，他便折返回来，把我叫到门廊，俯身吻了吻我，带着说不清的不安、道不明的恐惧，缓缓对我说，你是个聪明的孩子，善良的孩子；说他知道我显然是不想让他难过；说他在等着我帮他一个大忙。但这个忙究竟是什么，他没说。只是说，听到他的话，我就开始难过了。我能感觉到，他的话不是真心的，他的爱抚也不是实意的。但这一切还是让我震惊，让我痛苦，让我为他揪心。

翻过一天，吃午饭的时候，再过一天就是S-茨音乐会的日子了。父亲完全垮了。他憔悴极了，时不时瞥向我和妈妈。最后，我诧异地发现，他竟然在同妈妈商量起什么事儿来。因为，他似乎从来不和妈妈说话。午饭后，他开始非常关照我：以各种借口不停使唤我，让我去门厅。他环顾四周，似乎是在害怕别人撞见他；他一直摸着我的头，一直亲吻着我，一直对我说，你是个善良的孩子，听话的孩子，爱爸爸的好孩子；他说，我一定会答应他的请求，完成他的任务。这一切让我感受到一种难以忍受的悲伤。最后，也就是第十次叫我上楼梯的时候，事情忽然就明朗了。他面容愁苦，身躯疲惫，不安地四处张望着，好久之后才开口问我，知不知道妈妈把早上带来的二十五卢布藏在哪里了。

他的问题把我吓呆了。

好巧不巧，此时楼梯上突然传来了一阵声响，父亲吓了一跳，立马放开我，跑出门去。等他再回来时，已然是傍晚了。他穷迫、悲伤、忧虑、沉默地坐在椅子上，时不时还贼眉鼠眼地看我一眼。一种说不清的恐惧席卷了我，我只能有意地避开他的目光。最后，躺在床上整整一天的妈妈叫住了我，塞给我几枚铜币，让我去小商店给她买些糖、茶。

我们家很少喝茶。只有在我妈妈特别不舒服，发高烧的时候，她才会稍微纵容一下自己，满足自己这"任性"的要求。我拿着钱，一走过门厅就开始飞奔，就像是生怕被什么人追上似的。然而，我预感中的事情还是发生了，爸爸在街上追到了我，把我带回到楼梯上。

"涅朵奇卡，"他声音颤抖着说道，"我的小鸽子！听着，把这些钱给爸爸，爸爸明天就……"

"爸爸！爸爸！"我一边喊着，一边跪下来乞求道，"爸爸，我不能给你！不行！妈妈要喝茶，不能再拿妈妈的钱了……这次一定不行！下次，下次我再拿给你！"

"这么说来……你不愿意？你不愿意？"他压低声音，带着些疯腔对我说，"这么说来，你不愿意爱我？嗯？是这样吧！好，我现在就走，现在丢下你！你和你妈妈过日子去吧，我走！我不带你走！你听见了吗？恶毒的小姑娘，听明白了吗？"

"爸爸！"我吓坏了，张口喊道，"钱……你拿走就是了！给你！可我现在要怎么办啊？"

我两只手扭动着，够住他礼服上的衣襟。"妈妈会哭的！妈妈会骂我的！"

他似乎没有料到我会如此抗拒，但他还是拿到了钱。最后，他受不了我的哭诉了——他把我一个人扔在了楼梯上，跑了下去。我孤零零地沿楼梯而上，到了我们的阁楼，却一点力气都没了。我不敢进去，我也不能进去。一切就如同我内心所感受到的那般，被搅乱了，被震撼了。我用手捂住脸，扑向窗户，就像我第一次从爸爸口中听到他想让我母亲死去时一样，我似乎……处于某种恍惚的状态，呆住了，只是打着哆嗦，听着楼梯尽头传来的窸窣声响。最后，我听到一阵匆忙的脚步声从楼梯的最下方传来，是他，只凭脚步声我就知道是他。

"你在这儿呢？"他低声说道。

我朝他奔去。

"给你！"他叫嚷着把钱塞进我手里，"给你！拿回去吧！现在，我不是你爹了，听懂了吗？我现在不想给你当爹了！你更爱你妈妈，你不爱我。你去找你妈吧。我已经不想理你了。"

"爸爸，好爸爸！"我喊道，"我一定会听话的！我更爱你，不是妈妈！爸爸，你把钱拿走吧，拿走吧！"

但是他已经听不见了，他消失了。整个夜晚，我就像是一个将死之人——发着高烧浑身打战。我依稀记得，妈妈对我说了什么话，把我唤到她身边。我就像不省人事了一样，什么都听不到了，什么都看不到了。最后的结局是一番歇斯底里的大发作：我大哭，我大喊。妈妈吓坏了，手足无措。她只能把我带到她的床上，我也不记得自己是怎么搂着她的脖颈睡着的了，只记得似乎每一分钟我都在发抖，都在害怕，害怕发生什么事情。如是，一夜过去了。

那天我醒得很晚，当时妈妈已经不在家了。因为，她要出门做自己的事情。而房间里传来了爸爸和另一个外人的声音,他们两个人大声交谈着什么。好不容易,客人走了,只剩下我和他了。我扑到父亲身上,号啕大哭,希望他原谅我昨天做的事情。

他严肃地问我:"你会像以前一样当个乖孩子吗?"

"爸爸,我会的!我会的,爸爸!"我回答说,"我现在就告诉你妈妈的钱在哪里,就在这个抽屉的匣子里,昨天还在这里!"

"是吗?在哪儿?"他一边喊着,一边从椅子上转过身来,站起来,"放在哪儿了?"

"锁在这里,爸爸!"我说,"但你得等一等,晚上的时候妈妈会让我去换钱,因为我看到,里面的零钱都花光了。"

"十五卢布,我需要十五卢布,涅朵奇卡!听到没?就要十五卢布!我今天就要,明天就能给你。我现在,现在就去给你买糖果……给你买坚果……洋娃娃,给你买个洋娃娃!今天给你买,明天也给你买……每天,每天都给你买。只要……只要你听话,做个聪明的姑娘!"

"不要,爸爸,我不要!我不要礼物,不要吃的,你给我买了我也会还给你。"我肝肠寸断地哭着,叫着。因为那一刻,我的心已然彻底碎了。在那一刻,我忽然明白了,他根本不怜惜我,不爱我。他根本看不见我对他的爱,他只是觉得,我是为了那些礼物才为他做这些的。就在那一刻,我这个小孩子都能把他看得明明白白、真真切切。我感觉到,以后我永远都要为了这一刻而刺痛。我不爱他了,我彻底失去了原来的爸爸。

可我的承诺倒是让他开心起来,他也看明白了,我已经为他做好了一切准备,时刻准备执行他的一切决定。上帝见证,对于当时的我来说,这个"一切"何其之多。我难道不知道这笔钱对于我那可怜的妈妈意味着什么吗?我当然知道。我知道,她会因为失去这笔钱而伤心,而犯病。我的良心也发出了痛苦、悔过的号叫。但他怎么能看得见呢?他还把我当成是一个三岁的孩子呢!他怎么知道我什么都明白呢?

他的喜悦无边无际,他亲吻我,安慰我,让我不要哭了;还承诺说今天就能带我离开母亲,说我们一起去某个地方。现在想来,怕是在奉承我一直抱有的幻想。最后,他从口袋里拿出了海报,对我坚定地说,他今天要去见的人就在这海报上,这是他的敌人,死敌,但是他的敌人断然不能成功。他跟我谈起这位敌人,就像一个小孩子一样。但是,当他注意到我没有像以前听他说话时那样一直微笑,注意到我只是木讷地听着,便不再多说什么了。他拿起了帽子,走出了房间,步履匆匆,像是急着往什么地方去。但是,临出门的时候,他又回过头来,吻了吻我,笑着对我点了点头,就像是没有把握之人的最后恳求,不想让我改变主意。

我已经说过了,他疯掉了。至少在 S- 茨演出前一天,他就已经疯了。他急需要钱买音乐会的门票,而那张小小的门票似乎就能决定他的命运。我想,他也应该能提前感知到,这场音乐会将决定他的命运。但是,他是那么失魂落魄,甚至都打起小孩子手里几个铜板的主意了,好像有了这几个铜板,他就能买到音乐会门票似的。吃午饭的时候,他疯得更严重了,坐立不安,毫无胃口,一会儿坐下,一会儿站起来，一会儿又像是改变了什么主意似的，突然抄起帽子，想要动身去什么地方；可一会儿他又放弃了，又变得心不在焉，又开始喃喃自语，还时不时朝我这瞥一眼，眨巴眨巴眼睛，比画什么手势。他好像很急，急着拿到这笔钱，又好像是在生气，气我到现在还没有把这笔钱送进他的口袋。他的怪异过于明显，就连妈妈也注意到了。她不解地看着爸爸。

至于我，我就像是一个等着行刑的死刑犯。从午饭结束开始，我就一直缩在拐角处，就像是发了热病，颤抖不已，一分一秒地等待着母亲使唤我去买东西的时间。我的生命中再没有比这还痛苦的时刻了，它们已经深深地刻进了我的记忆中。就在这些瞬间中，敢问人间还有什么苦我没经历过呢！

总是会有那么几分钟，在那几分钟里一个人的意识所感受到的东西要比几年还多。当时，我感觉到自己正在做一件坏事，我感觉到正是我的父亲激发了我的善良本能。当时，就是他把年少无知的我推到了恶的那一边，他甚至就连自己也觉得害怕，甚至还要向我解释，对我说什么"行为恶劣"之类的话。难道他不明白吗？难道他不明白要欺骗一个还渴求体验种种印象的意识，欺骗一个已经感受、理解了人间善恶之人是多么困难吗？我只是明白，当时确实存在着一种极端可怕的情境，这种情境逼着他把我一次又一次地推向恶的那边，逼着他牺牲我可怜的、无力自卫的童年，逼着他不断冒险蛊惑我尚不稳定的良心。就是在那一刻，在我蜷缩在角落里的那一刻，我却在暗自想着：为什么他要为我凭借个人意志而做出决定的事情给予我奖励？新的感觉,新的渴望,以及迄今为止我从未思考过的新的问题排着队涌进我的内心。它们开始折磨我了。然后,我脑子里突然出现了妈妈。我想象到她失去仅剩的这一点劳动报酬时的悲伤。但,妈妈还是放下了手中勉强进行的杂活,叫我过去。我颤抖着走向她,眼睁睁看着她从抽屉里把钱拿出来,递给我,对我说:

"去吧,涅朵奇卡!只是,看在上帝的分儿上,别像上次一样,别把钱丢了。"

我带着恳求的眼神看了一眼父亲,而他只是点了点头,微笑着,鼓励着。他焦急地搓了搓手,时钟敲了六下,音乐会七点就要开始了。想必,在这等待的煎熬中他也经受了许多。

我在楼梯上停住了,等着他。他是那么兴奋、急切,兴冲冲地跟着我跑了出去。而我只是把钱给了他。当时楼梯上黑极了,我看不见他的脸,但他接钱的时候,我能感觉到:他全身都在颤抖。我站在那里,就好像被冻住了一样,动弹不了。最后还是等他使唤我去拿帽子的时候,我才突然恢复过来,并且立马意识到他不想回去。

"爸爸!难道……你不要和我一起……回去吗?"我用断断续续的声音问道,脑子里剩下的只有我最后的希望——我希望他庇护我。

"不了……呃……你先去……啊!等等,等一下!"他突然意识到什么似的,"等等,我马上给你拿糖果,但你先把我的帽子拿过来。"

我的心就像是被一只冰冷的手狠狠地攥住了。我大叫一声,推开了他,冲上楼去。当我走进房间的时候,面色已然煞白,如果当时的我对妈妈说钱让人抢了,她一定会相信我。可我在那紧要关头,却一句话也说不出来,只是在一阵惶恐的绝望中横着扑到妈妈的床上,双手捂面。如是一分钟后,门怯生生地发出一声"吱嘎",爸爸回来了,拿他的帽子。

"钱呢?!"妈妈突然大吼一声,似乎立马猜到了某种不同寻常的事情已经发生,"钱呢?!说啊!你给我说啊!"接着她把我从她的床上薅起来,拎到了房间正中。

我说不出来话,眼睛呆呆地看着地面。我搞不明白自己究竟怎么了,也搞不明白妈妈要拿我怎么样。

"钱呢?!"她又喊了一声。接着她撇下我,突然转向爸爸,当时他还在拿帽子。"我钱呢?!"她吼着,"她是不是给你了?给你这个不敬上帝的王八蛋了?!祸害!你这个浑蛋!你怎么能祸害她!啊?!她就是个孩子啊!啊?!不行!今天我绝不能让你走掉!"

几乎是眨眼之间,她三步并作两步冲到门前,立马锁上了门,收起了钥匙。

"说啊!都承认吧!"她太过激动,声音都断断续续,"全都承认吧!快说啊!你们不说,我……我都不知道该怎么办了!"

她抓起我的两只手,就像是要折断它们似的。她盯着我,审问着我,已然气疯了。而就是在这个当口,我发誓保持沉默,一句话也不提父亲,但又胆怯地最后一次朝他看了一眼……他的眼神,他的哪怕一句话。我在希望,我在祈祷,希望他能随便说上一句什么话。只要有了这么一句话,我就能感觉到幸福。不论我现在身处何种痛苦之中,面对何种严峻拷问。可上帝啊!他只是回赠我一个无情的恐吓,他用手势命令我闭嘴,就好像我这个时候还能害怕什么人的威胁似的。我喉咙哽咽,气喘不已,两腿发软,倒在地板上,失去了知觉。昨天发病遭的罪,我又体验了一遍。

有人敲门的时候,我才醒来。打开门的是妈妈,我看见一个穿着仆人制服的人走进了房间。他面色诧异地环顾我们所有人,开口说,自己是来找乐手叶菲莫夫的。继父说,他便是。然后仆人递上一封便函,告知他,这是B让他捎过来的,现在B就在H公爵那里,而信封中装的是S-茨先生音乐会的请柬。

出现了一个身着豪华制服的仆役,他报出了公爵的名字,一个公爵派人专程来给穷乐手叶菲莫夫送请柬;上述这一切几乎是转瞬间给妈妈留下了强烈的印象。在一开始,我叙述她性格的时候就说过,这个可怜的女人仍然爱着父亲。而现在,尽管经历了整整八年连续不断的忧愁和痛苦,她的心依旧没有改变。她仍旧爱着他!可能只有上帝知道,也许就在那一刻,她突然看到了继父的命运之轮转动起来。别说希望了,哪怕就是希望的影子出现,都能对她产生影响。

谁知道呢,也许,她也多少被他那个疯癫丈夫的狂热自信感染了吧!当然,这种自信不可能不对她,这么一个可怜又孱弱的女人产生影响。而现在公爵注意到他了,也许她转眼间就能为继父制订上千份计划,转眼间再度倾情于他,转眼间就彻彻底底地原谅他,甚至就连他最近造下的孽——牺牲唯一一个孩子,也不是不能接受。那种似火一样的热情重新燃烧起来了,在新希望的爆发中,继父的罪行也不过是一个简单的错误,一个因为拮据、肮脏的生活和毫无希望的处境而不得不犯下的错误。她的心里一直藏着对丈夫的迷恋,因此,在那一瞬间,她的内心早就给她不可救药的丈夫备好了宽恕与怜悯。

父亲忙乱起来,他也为公爵和 B 的关照而感觉到震惊。他直接转向妈妈,对着她小声说了两句话,母亲就走出了房间。两分钟之后,母亲回来了。她带着破开的钱。父亲则立马接过钱,给了送信人一个卢布的银币。后者礼貌一躬转身就走了。与此同时,妈妈出去了一小会儿,拿来了一个熨斗,拿出了家里最好的男士衬衫,熨烫起来。她亲手在爸爸领子上系了一条白色麻纱领带。这条领带和一件很破旧的黑色燕尾服一起在衣柜里躺了很久了。要知道,这套行头还是在他刚刚在剧院任职的时候缝制的。

一番装扮后,父亲拿起了帽子。但是出门的时候,他又要了一杯水。当时他面色苍白、疲惫不堪,便坐在了椅子上。我就势把水递了过去。也许,不满的感觉再次掠过母亲的心头,浇灭了她刚刚升起的热情。

爸爸出门了,房间里就剩下我们两个了。我蜷缩在角落里,默默地看着妈妈,看了好长时间。我从未见过她那么激动,她双唇颤抖,苍白的两颊烧得通红,甚至偶尔身子都会忍不住哆嗦一下。最后,这一切化为悲伤,而悲伤开始倾诉,一切都从她那低沉的呜咽和慨叹中倾泻而出。

"都怪我,都是我的错,我真不幸啊!"她自言自语说,"她又该怎么办呢?我现在活着,我都不能养好她……我要是走了,谁来照顾她……唉,你不懂妈妈!你明白吗?涅朵奇卡,你要记住妈妈现在对你说的话,你能记住吗?"

"妈妈,我能记住,我能记住!"我一边说着,一边双手合十恳求着她。

她紧紧地把我抱在怀里,好久好久。好像我只要一和她分开,她就要全身发抖。我的心都裂开了。

"妈妈!妈妈!"我也哭了,"为什么……为什么你不爱爸爸?"抽泣和哽咽害得我连话都说不全。

随即,妈妈的胸膛里爆发出一阵剧烈的呻吟。然后,她又开始在房子里来回踱步,又一次进入到了愁苦的状态。

"我的小可怜!我的小可怜!我甚至都没注意到她长大了!她怎么什么都知道!上帝啊!你究竟给了她什么样的印象!什么样的榜样啊!"在绝望中,她拧着双手。

然后,她走到我的面前,带着近乎疯狂的爱意,吻我,吻我的手。她的泪水泼洒下来,乞求着我的原谅。我从未见过她如此痛苦。最后,她可能力竭了,昏了过去。就这样又过了一个小时,她站了起来,精疲力竭地让我去睡觉。我去了那个自己的角落,裹在被子里,可怎么都睡不着。妈妈折磨着我,爸爸也在折磨着我。我急切地等待着他的归来,可一想到他,脑子里确实有说不出的恐惧。半个小时后,妈妈擎着一根蜡烛,走到我的身边,想看看我有没有睡着。为了安抚她,我闭上了眼睛,假装睡觉。看我如此,她便悄悄走到碗橱前,轻轻打开它,给自己倒了一杯酒。喝下去之后,她就上床睡觉了,就像往常父亲晚归时一样:在桌子上留下点燃的蜡烛,把门虚掩上,留条缝。

我躺着，失魂落魄地躺着，半梦半醒地躺着。睡意总是和梦魇同时到来，一昏昏沉沉地闭上眼睛，可怕的幻象就会占据我的身体。忧伤越发增长，压得我想叫，可叫喊之声却不知何故只被闷死在胸膛。直到午夜时分，我听见我们的门开了。我不记得过了多久，但当我完全睁开眼睛时，我看到了父亲。我觉得，他面色苍白得可怕。他坐在紧靠在房门的椅子上，似乎在沉思着什么事情。房间里一片死寂，只剩徒劳的蜡烛悲伤地照着我们的住所。

我久久地望着，但是父亲一直没离开那个地方。他一动不动地坐着，低着头，双手紧张地撑在膝盖上。他在房间里坐了几分钟，我几次想要唤他的名字，可就是做不到，只得任凭麻痹缠绕着自己。最后他恍然大悟一般，抬起头，从椅子上站了起来，似乎在下定什么决心。然后，他突然走到那个放着他小提琴的箱子旁边，把它打开，拿出黑色的琴盒，放在桌子上。然后再次环顾四周。他的目光慌乱又仓促，我从未见过这种眼神出现在他的身上。

他拿起了小提琴，但又立马放下了它，转身锁上了门。然后，他发现橱柜被打开了，于是悄悄走过去，看到了里面的杯子和酒。他倒了杯酒，一饮而尽。这时，他又一次拿起了小提琴，却又一次放下了它。他走到了妈妈的床边。而我却因为恐惧而僵直，等待着什么事情的发生。

他倾听着什么，听了很久。然后突然把被子从妈妈脸上掀开，用手抚摸着妈妈的脸。我打了个寒战。他则再次弯下腰，几乎就要把自己的头贴在妈妈的身上。当他再一次抬起身子时，那苍白到可怕的面容上闪过一丝诡异的微笑。他开始小心翼翼地给熟睡的妈妈盖上被子,蒙住她的头,盖上她的脚。

一种未知的恐惧害得我浑身发抖。我因为妈妈而害怕,因为她睡得那么深而害怕。我不安地盯着那层层铺盖之下的线条,它们有棱有角地刻画出妈妈的肢体。……一个可怕的想法就如同闪电一般,忽然从我脑海中划过。

完成了所有准备后,他再一次走到橱柜前,把瓶中剩酒一饮而尽。他浑身颤抖着,走近桌子,面色煞白,到了连我都认不出来的地步。这时,他又一次拿起小提琴。我记得那把小提琴,我知道它是什么,但现在,我期待着某种可怕、恐怖、奇妙的东西……于是,它一响我便颤抖起来。父亲开始演奏,只是演奏时断时续。他停下来,就像是想起了什么东西一样。最后,他面色困惑、痛苦地放下琴弓,有些怪异地望了望床。那里似乎有什么东西在困扰着他。他再次走向床边……我没有漏过他的哪怕一个动作,恐惧狠狠按住了我,让我一直注视着他。

突然间,他匆忙开始在手边寻找什么东西。方才那个似闪电般掠过的可怕想法再一次灼伤了我。我突然想到:妈妈为什么睡得那么踏实?为什么爸爸抚摸她面庞都没能把她弄醒?最后,我眼睁睁看着,爸爸把他能找到的我们所有的衣服都拖了出来,妈妈的大衣,他的礼服、袍子,甚至是我脱下的衣裙,他把它们一件一件盖在妈妈的身上。而妈妈只是静静地躺在那里,一动不动。

她睡得太踏实了。

一切完成了,好像他呼吸都更顺畅了。这一次没有什么阻碍他的了,可似乎还是有什么让他不安。他移开蜡烛,面对着门,这样他就不用看那个盖满了衣服的床铺了。然后,他又一次拿起小提琴,带着某种绝望抄起琴弓……音乐开始了。

但是,那不是音乐。

我清楚地记得这一切,直到最后一个瞬间。我记得所有引起了我注意的事情。不对,我当时听到的不是音乐,不是小提琴的声音,而是什么人的可怕嗓音第一次在我们黑漆漆的房间里隆隆作响。要么,就是我的记忆出现了偏差,那是病态的、错乱的记忆。要么,就是目之所及的一切深深撼动了我的感官,它扭曲了我准备好接受可怕的、无法逃避之痛苦的印象。但我坚信,我听到的是哭泣,是人类的尖叫。绝望,绝望从那声音中喷涌而出,最后,当这可怕的终曲的和弦鸣响,混杂着哭泣中的全部恐惧、痛苦中的全部折磨、无望中的全部苦闷,以及这一切的全部忧伤,鸣响。这一切,在一瞬间混杂到了一起。

我承受不了了,我抖得厉害,泪水止不住地迸流出来,一切化成一声可怕又绝望的喊叫,我扑向了父亲。

我抱着他,他尖叫了一声,放下了小提琴。

他怅然若失地呆站着,足足有一分钟。最后,他的目光闪烁着,似乎是在寻找什么东西。突然,他抓起小提琴,朝我头上挥来……再过一分钟,他就有可能当场杀了我。

"爸爸!"我对他喊着,"爸爸!"

他听到了我的声音,就像风中的树叶一般颤抖,往后退了两步。

"啊！你还在这里！一切还没完！你还在陪着我！"他一边喊着，一边抓住我的肩膀，把我举到空中。

"爸爸！"我又叫道，"别吓我了，看在上帝的分儿上！别了！我害怕！"

我的叫嚷让他一惊。他把我轻轻放在地面，默默看了我足足一分钟，就像是在辨认，又像是在回想。最后，就好像有什么东西忽然间颠覆了他，就像是被脑海中的什么可怕想法惊到了，他浑浊无神的眼睛中迸出一行长泪。于是他俯身，他贴着我，目光专注地盯着我的脸。

"爸爸！"我对他说，我因恐惧而痛苦地对他说，"不要这样看着我！爸爸，我们离开这里吧！我们走吧！我们快逃吧！"

"是啊，逃吧！逃吧！是时候了！走吧，涅朵奇卡！快点！快点！"他开始忙碌起来，好像现在才意识到自己该做些什么。他急切地环顾四周，看到地上母亲的披肩，于是捡起来放在了口袋里，又看到了自己的帽子，也把它捡了起来，藏了起来。他就像是要做长途旅行一样，拿上了他所需要的一切。

我立马穿上了裙子，也开始收拾好我认为路上需要的一切。

"准备好了吗？准备好了吗？"父亲催促道，"快点！快点！"

我急忙系了一个包袱，把围巾胡乱一绕，就这样准备出门了。但突然父亲让我停下来。他摸着自己的额头，好久，就像是在思考还有什么没做。最后，他似乎反应过来自己需要什么了，他找到了母亲放在枕头下面的钥匙，着急忙慌地翻动着衣柜。最后，他回到我的身边，带着从抽屉里翻出来的钱。

"把这个拿着！注意点儿！"他低声对我说，"千万别弄丢了，记住！记住！"

他先是把钱塞到我的手上，又像是明白了什么一样，塞进我的怀里。我记得，那些银币碰到我身体时，我打了个寒战。好像，这一刻我才明白钱是什么。现在，我们又准备好了，但他突然又让我站住。

"涅朵奇卡！"他好像在努力思考着什么，对我说，"孩子，我忘了……有个事儿……什么事儿……我忘了！啊！对！对！想起来了！想起来了！……涅朵奇卡，来这儿！来这儿！"

他把我带到供奉圣像的那个角落，让我跪下。

"祈祷吧，我的孩子！祈祷吧！"他指着神像，面色奇怪地看着我，小声对我说，"祈祷吧，祈祷吧！"

那是近乎恳求的声音。

我跪了下来，双手合十，充满了惊恐和绝望。现在它们已经完全控制住我了。我倒在地上，就像尸首一样躺了好几分钟，几乎穷尽了所有的脑力和情感来祷告。但恐惧还是战胜了我。只要稍微一抬起身子，烦恼就全涌了上来。我已经不想和他一起走了，我怕他了，我想留下。最后，那一直困扰我、折磨我的疑惑从我胸膛中迸发而出。

我满脸是泪，"爸爸，"我说，"可妈妈呢？妈妈怎么了？她在哪里？我妈妈在哪里……"

我已经说不出话来了，泪如泉涌。

他也哭了，含着泪拉着我的手，带我到床边，拨开那堆散落的衣服，揭开被子。上帝啊！她躺在那里，死了，面色已经发青了。我就

075

像没有了知觉一样扑向她,抱住她的尸体。父亲让我跪下。

"给她磕个头吧!孩子。"父亲说,"该告别了……"

我照做了,父亲也鞠了一躬。他面色苍白,嘴里似有似无地嘀咕着什么。

"这不怪我,涅朵奇卡,这不怪我,"他用手指了指冰冷的尸体,"你听见了吗?这不怪我!这不是我的错!记住,涅朵奇卡,不是我的错……"

"爸爸,我们走吧,"我害怕地小声说,"该走了!"

"是啊!该走了!早该走了!"他紧紧抓住我的手,匆匆走出房间,"好了,现在我们上路了!感谢上帝,感谢上帝!现在一切都结束了!"

我们走下楼梯,看门人半梦半醒地为我们打开院门,满目狐疑地看着我们出去。而爸爸,他好像是在害怕别人问他什么,就先一步跑出了门,我几乎都跟不上他。我们走过门前的那条街,来到运河旁的堤岸上。那是深夜,石路上落了一场雪,雪花还在天上飞舞。冷极了,我不由自主地打着冷战,疯狂地抓住父亲燕尾服的衣襟。他的小提琴还夹在腋下,故而需要时不时停下来,调整琴盒的位置。

连走带跑差不多一刻钟,他最后从人行道斜坡转向了一条地沟。在那尽头有一座石礅,他在那儿坐了下来。离我们差不多两步远的地方,有一个冰窟窿。周围一个人都没有。上帝啊!我现在回想起来,还是能感受得到那种突然控制我的可怕感觉。我那缠绕我一整年的梦想终于实现了。我离开了我们那个憋屈的住所……但,现在这些是我所期待的吗？是我所梦想的吗？是我在童年的幻想中虚构创造出来的幸福吗？就在我为了我们那个我不太喜欢的幸福许愿的瞬间，母亲突然开始折磨我。

我们为什么要把她留在那里？我想，她的身体，就像是垃圾一样被我们抛弃了，为什么？

我记得，这是最让我痛苦、受折磨的事情。

"爸爸，"我还是开口了，我受不了那种忧心事的折磨了，"爸爸！"

他语气满是不耐烦："咋了？"

"爸爸，我们为什么要把妈妈留在那儿？为什么要丢下她？"我哭着，"爸爸！我们回家吧！我们找个人去瞧瞧她吧！"

"对！对！"他浑身一抖，突然喊道。

就像是脑子里突然有了什么想法似的，他从石礅子上面站了起来，似乎所有的疑虑都被这新想法赶走了。"对！涅朵奇卡！不应该这么做，得去找妈妈！她在那儿太冷了！你去找她吧！涅朵奇卡，去吧，那儿也不黑，蜡烛还燃着！别怕，去叫个人看看她，然后你再来找我。你自己去，我就在这里等你……我哪里也不去。"

听到这话，我立刻走了。可我刚一上人行道，就突然感觉到什么东西狠狠地扎到了我的心脏。我转过身去，看到他已经从另一边跑开了，他离开我了，在这么个时候空留下我一个人，他不要我了。我用尽全身力气叫嚷起来，万分惊恐地去追赶他。我已经喘不上气了，可他却越跑越快……到最后，几乎看不到他的人影了。在路上，我看到了他逃跑时掉落的帽子。我还把它捡了起来，继续追着。就在这个时候，我感觉自己就要失去意识了，然后摔倒在地，没了知觉。痛苦的感觉拉扯着我。当我想象到他没有大衣，没有帽子，一个人奔跑的时候，我就可怜他。可转念一想，他离开了我，离开了他心爱的孩子，我的内心就会泛起一阵酸楚，隐隐作痛。

我想追上他，不为别的，只为和他再一次深深地亲吻，告诉他，让他别怕我，让他相信我，让他放心。如果他不愿意的话，我就不再追他了，我会一个人回到妈妈身边。最后，我望见他拐进了一条街道。我跑到那里，也跟着他拐过去，我仍然能依稀分辨出他就在我身前……可这时我已经力竭了。我开始哭泣，开始叫嚷。我还记得，奔跑中我碰到了两个过路人。当时他们就站在人行道中间，一脸诧异地看着我们两个。

"爸爸！爸爸！"我用尽最后一丝气力尖叫，然后突然在人行道上滑倒，摔倒在一栋房子的门口。我能感觉到我的整张脸都在流血，几乎是一瞬间，我就失去了知觉。

等我再醒来时，我已经身在一张温暖、柔软的床上了。我看到，周围是一张张和蔼、亲切的面孔。他们很是兴奋地迎接我的苏醒。我看到一个鼻子上架着眼镜的老太太；看到一个身材高大的绅士，那时他也一脸同情地看着我；然后我看到一个年轻漂亮的女士；最后我看到一个灰白头发的老人，他一边抓着我的手臂，一边看着表。我为了我的新生活，醒来了。我在奔跑的时候遇到的那个人就是 H 公爵，我摔倒的地方就是他家门口。他也是经过很久的调查之后才知道我是谁的。这位给我继父送 S-茨音乐会门票的人为整场怪诞之事所震惊，所以决定把我带到他家里,与他的孩子们一起养育。与此同时,他们也开始探查关于我继父的情况。后来他们得知,此人在城外疯癫发作,被人拦住了。人们把他送进了医院,两天不到,他就死了。

他死了。他的死亡是一种必然,是他生命的自然结果。当他生命中支撑他的一切突然崩溃,魂飞魄散,变成了无血无肉的空想,他也就该死了。当他最后的愿景消失的时候,当他一生的自我欺骗和自我支柱都在他面前逐渐显露其真相的时候,当这一切进入到他的意识的时候,他死了。

真理以不可抗拒的光芒害得他眼花缭乱,他一直欺骗别人的谎言在这一刻终究变成了自己的谎言。在他的最后时刻,他听到了美妙的琴声,天才的琴声。这琴声对他讲述了他的命运,也做出了对他的永恒谴责。随着天籁从天才般的S-茨弓下飞出,艺术的奥秘终究还是在他面前揭示开来。天才,永远年轻的天才,强大而真实的天才,以自己的真理压垮了他。似乎,一切在一生中都在神秘和无法言说之痛苦中折磨他的东西;一切在梦境中困扰他的东西;一切他一生都不由自主逃避的东西;一切他害怕到死的东西——都突然在他眼前闪耀,向他不愿承认光明的眼睛揭示了真相。但是,这真理对他来说是那么难以忍受。因为,这是他第一次看清了一切,看清了过去,看清了现在,看清了等着他的未来。那一切就像是闪电一样击中了他。他的一生一直在无法形容的痛苦中等待着,期待着命中注定之审判,而现在行刑斧落下了,人头也落地了。

他想逃离对自己的审判,但是无处可逃:就连最后的希望也消失了，最后的借口也消失了。多年以来一直压抑着他的生活，阻碍着他命运的人，去世了。按道理来讲，他应该立马复活。可现在，她总算死了，他也终于自由了，没有什么能束缚他了！他自由了！

　　在最后的疯狂绝望中，他想自己审判自己，无情地、严格地，就像一个公正无私的法官一样审判自己，但他虚弱的琴弓只能拙劣地模仿那位天才乐章的最后一句……就在这一刻，那已经折磨了他十年的疯狂，不可避免地吞噬了他。

四

  我恢复得很慢。等到我完全能下床的时候，我的脑子仍旧是混沌不堪的。很长一段时间，我都不能明白究竟发生了什么事。有的时候，我感觉一切就像是在做梦一样。我还能记得，我当时特别希望所有发生的这一切都真的只是一个梦。甚至晚上睡觉的时候，我都希望在第二天早上醒来的时候，我能回到我们破旧的小房间里，看到我的爸爸，看到我的妈妈。

  但是，我的处境还是在最后清晰起来了，我渐渐明白了，就剩我一个人了，我还寄人篱下。那时候，我第一次感觉到我真的成了孤儿了。

  我开始贪婪地观察那突然围住我的所有新东西。一开始，一切对我来说陌生又奇怪。新的面孔、新的生活方式、公爵古老宅邸的一个又一个房间，就像我现在看到的那样，宽敞、高大、富贵，但是又压抑和阴森。这一切让我感觉到困惑。现在我还记得,我当时很怕穿过那些长长的大厅,在那里面,我觉得我会迷路。我的病还没好,我的印象也是阴郁且沉重的,完全符合这个庄严住所的氛围。此外,某种不明确的渴望在我小小的心中越发强烈。我带着疑惑停留在某幅画、镜子、精美的工艺壁炉,抑或是似乎被故意藏在角落的雕像前。对了,雕像,我感觉它被藏在那个角落里,就是为了以某种方式监视我或者说吓唬我。我总是停在这些东西前,然后突然就忘记了自己为什么停下来,突然忘记了我想要干什么,甚至忘记了我在想什么。可当我清醒之后,恐惧和惊惶就会时不时袭来,吓得我的心狂跳不已。

我还躺在床上的时候,偶尔来看我的人,除了那位老医生之外,当属一个男人给我留下的印象最深。他已经相当老了,看起来很严肃,但也很和善。他总是带着非常同情的表情看着我。我爱上了他的面容,远甚于任何人。我很想同他说话,但是我害怕和他说话。因为,他看起来总是很落寞,而且话很少,说话也断断续续;他的脸上也从来没有出现过笑容。他就是 H 公爵。

后来我的身体开始康复,他来看我的次数越来越少,最后一次,他给我带来了些糖果,还有一本带着图画的童书。他吻了吻我,给我画了个十字,让我更高兴一点。他安慰我说,不用多久我就会有一个新的朋友,是一个和我差不多的小女孩儿,那是他的女儿——卡佳。只不过她现在还在莫斯科。然后,他对一个上了年纪的法国女人、他孩子的保姆以及照顾我的女仆说了些什么话,向他们指了指我,然后就走了。从那时候起,整整三个星期我都没有看到过他。

公爵自己住在家里一处十分幽闭的地方。房子里的大部分都被公爵夫人占用了。有的时候，她也会几个星期都看不到公爵一面。后来我注意到，甚至他的家人都很少谈起他，就好像这个人根本不在家里似的。但是，还是能看出来，这里的每个人都尊敬他、爱他。但与此同时，人们对他的态度却很是微妙，大家似乎把他当成某种奇特的怪人。似乎他自己也明白他是怪人，他和别人不一样。所以还是尽可能不要打扰人家……等到了适当的时候，我会尽可能详细地多聊聊这个公爵。

一天早上，仆人们给我换上了一身干净、轻薄的内衣，在上面罩了一件黑色羊毛的连衣裙，裙子上还有白色的蕾丝。我看着它的时候，有种忧郁的困惑。接着，仆人们给我梳了头，带我从上面的房间下楼，去往公爵夫人的房间。当我被领到夫人面前时，我就像被钉住了一样停了下来。我从没有见过如此富丽堂皇的地方。但这种印象是短暂的。当我听到公爵夫人命令我靠近些的声音时，我吓得面色苍白。我，在穿衣服的时候，就想着我是在准备受某种折磨，尽管这种想法究竟因何而生，怕是只有上帝才知道了。总体来说，我带着某种奇怪的不信任感，对周围的一切都不信任的感觉，进入了新的生活。但公爵夫人对我很是友好，她亲吻了我，我也得以更大胆地看着她。这位就是我从昏厥中醒来时看到的漂亮女士。但是，我在亲吻她手的时候还是难免浑身颤抖，没法鼓足勇气回答她的任何问题。她命令我坐在她旁边低矮的凳子上。看起来，这个地方就是给我准备的。显然，公爵夫人想要的，无非是全心全意地照顾我、爱抚我，在我心中代替母亲的位置。但我怎么都无法明白,我究竟有何德何能享受这般待遇,我能有什么让她看得上的东西呢?

他们给了我一本装帧精美的图画书,命令我看。公爵夫人则在给什么人写着什么信,写着写着就会放下笔,同我说些话。可是我迷迷糊糊、语无伦次,说不出任何得体的话来。总而言之,我的故事就是这么不寻常,但其中各路机缘怕也只能说是命运如此。总之,命运就是以它的方式,千奇百怪、神秘兮兮地起着作用。

但我本人,就像是在和这种戏剧性的设定故意作对一样,到头来,我就是一个最普通的女孩子,畏畏缩缩,就像是长期受到了打压,甚至我还有点笨笨的。

笨笨的这一点,尤其不讨公爵夫人的喜欢。而我,在第一次会面时,看起来没用多久就耗光了她的耐心。当然,这只能怪我自己。两点多的时候,拜会开始了,公爵夫人也突然变得对我更关心、更亲切起来。妇人询问起我的事情。她回应说,这是个极其有趣的故事。然后她开始用法语同别人聊起天。在她说话的时候,人们望着我,有的摇头,有的长叹。有一个年轻人甚至朝我举起了长柄眼镜,有个气味刺鼻的白发小老头想亲我。但我的脸,一会儿苍白,一会儿发红。我只是目光低垂,坐在那里,除了打战,一动不敢动。当时我的心似乎都碎在体内了,难过得厉害。恍惚中,我感觉自己被带到了我们的阁楼;恍惚中,我看到了父亲,想起了我们那一个又一个漫长而沉默的夜晚;恍惚中,我看到妈妈……我想到妈妈了,一想到她我就会流泪,就会哽咽。那时我很想逃走,很想就此人间蒸发,我只想一个人待着……然后，拜会结束了。公爵夫人的脸色更严肃了。她现在看我的表情已经变成了闷闷不乐，话语也冷淡了下去。她那双尖锐的黑色眼睛尤其让我害怕，更何况她紧紧盯了我半个钟头。这期间，她薄薄的嘴唇也紧紧地抿着。

傍晚时分，我又被带回楼上了。我时而发烧，时而冷得发抖，就这样在冷热交替中时而睡着，时而醒来。稍微睡得长一些就会做梦，却全都是些令人愁苦、叫人哭泣的梦。第二天早上，同样的故事会再次上演一遍。人们又会把我带到公爵夫人那里。最后，她好像自己都厌倦了同客人们讲述我离奇的经历，客人们也厌倦了对我表示怜悯。况且，我真的只是一个最普普通通的孩子，"一点都不天真"，正如公爵夫人本人给我的评判那样。我一直记着这句话。她说这话的时候正好在和一个老贵妇一对一聊天。那位妇人问她说："和她（指我）在一块儿不无聊吗？"

于是一天傍晚，人们把我从公爵夫人那里带走了，从此就再也没被带过去。就这样，我受特别关照的日子结束了。不过，我还是被允许到处随便走，想去哪里就去哪里。由于那些深深的、病态的悲伤，我坐不住。所以离开所有人，去楼下那些大房间里闲逛，真的是一件开心的事。

我记得，我很想同家里的用人们谈话。但是我非常害怕让他们生气，所以我还是宁愿一个人待着。我最喜欢的消遣就是躲在某个不引人注意的角落里，又或是站在某个家具的后面，回忆和思考发生在我身上的一切。不过，真的好奇怪啊！我好像忘记了我在父母身边发

085

生的事情的结局,忘记了那一整段恐怖的经历。我的面前闪过的是一幅幅画面,展现着各种各样的事实。而我,却的确记得一切细节——夜晚、小提琴、父亲,我还记得我给他拿了钱,但我无法理解,无法理清所有这些细节……只有当我回忆到我跪在死去的母亲旁边的那一刻,寒意才会突然穿过我的四肢;我颤抖着,呜咽着,呼吸都变得困难,胸口都变得沉重。当我到达那个时刻,那种难过会占领我的整个胸膛,心脏就好像在泥淖中跳动。最后,我也只能惊恐地从那些角落中逃出。不过,如果我要说我被撇下不管,这自然是不对的。用人们一刻不停、十分热情地照料着我。公爵的命令被他们严格地执行了。他嘱咐说,我要有充分的自由,不受任何约束,但不可以脱离视线哪怕一秒。我注意到,总是有家里人或者仆人朝我住的房间张望,然后走开,一句话也不说。他们这种事无巨细的态度一方面让我感到惊讶,另一方面也让我感到不安。当时我没法明白这么做究竟是为了什么。那时我一直觉得,要是有人爱护我,一定是出于什么目的,想要日后从我这里得到些什么东西。

我记得,我总是想去更远的什么地方。这样,万一真的到了需要的时候,我好有个方便的地方去躲。有一次,我溜到了大理石楼梯上。它完全是用大理石砌出来的,又宽又大,铺着地毯,摆着鲜花,装饰着花瓶。那楼梯的每个楼台上都静静地坐着两个瘦瘦高高的人。他们穿着非常正式的衣服,戴着手套,系着最白的领带。我带着困惑看着他们,完全不明白他们为什么坐在那里,只是互相看着,什么话也不说,什么事也不做。

这些孤独的散步越来越让我喜欢。此外，我从楼上逃开还有一个原因。那层楼住着公爵的老姑妈。她几乎从来不出门，但这位老太太给我留下了十分鲜明的印象。她大概是这个家里最重要的人物。大家同她交往的时候，都默契地遵守着某种既定的礼节，哪怕是看起来如此孤傲和专横的公爵夫人也不能例外。每个星期的某个固定日子，她都得亲自上门拜访公爵姑妈。她来的时候往往是早上，二人会进行一段极其枯燥的对话，以一段庄严的沉默结束。在此期间，老妇人要么低声祈祷，要么拨动着手里的念珠。直到她觉得自己想要结束的时候，这次会面就会结束。而标志性动作就是，她从座位上站起来，亲吻公爵夫人的嘴唇。一开始，公爵夫人必须每天都去拜访这位亲戚，但后来，按着老妇人本人的意愿，情况得以缓和。公爵夫人只需要在一周余下的五天时间里，每天早上派人询问一下她的健康状况即可。事实上，公爵的姑妈过的生活也算是一种幽居了。她是个老修女，三十五岁的时候去修道院隐修了，在那儿过了整整十七年，只是没有剃发罢了。然后她离开了修道院，来到了莫斯科，和她已婚的姐姐——已经成了寡妇的L伯爵夫人住在一起。L伯爵夫人当时生了病，健康每况愈下。在那段时间里，公爵夫人还和她的另外一个姐姐——H女士和解了。在那之前，她们两个人已经争吵了二十多年。但是据说，这几个老妇人一天消停日子都没过上，她们上千次地想要分开，却又上千次地没能分开。因为她们终于意识到，她们每一个人都需要另外两个人来预防老年生活的烦闷无聊和可能存在的种种急症。但是，她们的生活仍旧是那种最无吸引力的。她们在莫斯科的大院儿被一桩又一桩庄严又无聊的大事所主宰，虽说整个城市仍旧在不断向她们三个人致敬。人们把她们当成所有贵族习俗和传统习惯的守护者，某种本土贵族阶层生活的活化石。伯爵夫人身后留下了许多美好的回忆，她是一个了不起的女人。来自圣彼得堡的人也总是最先拜访她们。能在她们家里受到接待的人，就能在俄罗斯的任何一个地方受到接待。但是，等到伯爵夫人死了之后，姐妹们自然也就分开了。

最年长的那位 H 女士留在了莫斯科，继承了伯爵夫人遗产中归自己的那一份。因为死去的伯爵夫人没有留下子嗣，年龄最小的这位修女，就搬到了圣彼得堡，也就是 H 公爵家里。但是公爵的两个孩子，卡佳和阿列克桑德拉仍旧留在莫斯科，为他们的姑婆消愁解闷，安抚她的孤独。哪怕是把俩孩子视为掌上明珠的公爵夫人，因为规定的服丧期，也不敢对必须同他们分开一事说哪怕一个"不"字。我忘记说了，我住进公爵家的时候，整个家族还在服丧，但是这一时期很快就结束了。

公爵的姑妈总穿着一身黑，面料也是最简单的毛料，一个浆过的、收了细褶的白色衣领是上面唯一的装饰。这身衣服让她看起来就像是救济院里管事的老太婆。外加她这个人，确实也念珠不离手，总是郑重其事地外出做日祷，几乎每天都封斋。至于那些来访的神职人员和高级人士，她也来者不拒。平时主要的消遣就是看宗教书籍。总体来说，她仍旧过着如在修道院中一样的生活。因此，那楼上寂静得可怕，就连开门的"吱嘎"声都能引起她的注意。她会立马派人去探查究竟。所以，所有人在楼上说话时都压着声音，走路时都蹑着脚。

可怜的法国女人，莱奥塔尔夫人——当然她也是老太太了，都不得不因此放弃了自己最喜欢的高跟鞋。高跟都被去掉了。

我到了两个星期后，她派人询问我的情况：我是个什么样的人，我是谁，我是怎么来到这个家的，凡此种种。没多久，她就收到了下人们恭敬的回答。然后第二天，又一个命令被下发到法国女人那里，询问她（指公爵的姑妈）为什么还没有见过我。这下立刻掀起了一阵骚动：他们开始给我洗头、洗脸、洗手，可这些本来就已经很干净了。人们还教给我怎么行走、怎么鞠躬，这让我能看起来更快乐和友好。当然也包括说话。总之，我被彻彻底底地折磨了一顿。然后我们的信使带着消息去了，问公爵的姑妈是否有兴趣看看我这个孤儿。随之而来的答案当然是否定的，但是她却制定了最后期限是明天的日祷之后。当晚，我一夜未眠。后来有人说，我说了一晚上胡话，说要去公爵夫人那里请求她原谅之类的。

把我拉出去见她的时刻还是来了。在巨大的扶手椅上，我看到了一个瘦瘦小小的老妇人。她对我点了点头，然后戴上了眼镜，像是想要把我细细端详一番。我记得，我一点儿也不讨她喜欢。看得出来，我就是个野孩子，不知道怎么坐下，不知道怎么吻手。她开始问我问题了，我回答得勉勉强强；可当话题转向父亲和母亲的时候，我便哭起来了。老太太对我如此情绪化的反应自然很不高兴，但是她还是安慰了我，并叫我把希望寄托在上帝身上；随后她又问起我，上一次去教堂是什么时候。因为我的教育完全被忽视了，有时候老太太的问题我都听不明白，这让她很是诧异。然后她派人叫来了公爵夫人，随后便是二人的一番商量，结果是这个星期的礼拜日就安排我去教堂。在那之前，老太太答应我说，一定会为了我祈祷，但还是下了命令，让人把我带出去。因为，按照她的原话，我给她留下了十分难过的印象。

说实话，这也没什么大惊小怪的，事情本该如此。但很明显，我一点儿也不讨她喜欢。当天她就派人来说我实在是太吵闹了，整栋房子都能听见我的声音，可事实上，我那天一动不动地坐了一天。很显然，这只是老太太想当然罢了。不过第二天，我还是受到了同样的指责。可好巧不巧，我那时候正好打碎了一个杯子。法国女人和全家女佣都陷入到了绝望之中，我立刻被转移到了最远的房间里，他们都跟着我，处于深深的恐惧之中。

我不知道这件事究竟是怎么结束的，但是我很开心，因为我下楼了，可以在大房间里独自漫步了，我知道不会有人来打扰我了。

我记得，我坐在楼下的一个房间里。我用手捂住脸，低着头，就这样坐了不知道几个小时。我一直在想，一直在想……我不成熟的头脑无法排解我所有的忧伤，我的内心变得越发沉重，越发难受。突然，我耳边传来一个沉静的声音：

"你怎么啦，我的小可怜？"

我抬起头，是公爵本人。他的脸上写满了深深的关注和同情，可我回敬的只是如此沮丧和不幸的眼神，害得一汪热泪从他大大的蓝眼睛中直接涌了出来。

他一边摸着我的头，一边说："可怜的小孤儿……"

"不，不是孤儿，不是！"我的声音就像是在胸口处断裂了一般，心中五味杂陈，一切都在升腾、激荡。我站起身来，抓住他的手吻了吻，在那上面洒满了眼泪，几乎是乞求地重复道：

"不，我不是孤儿！不是！"

"我的孩子，你怎么了？我亲爱的、可怜的涅朵奇卡，你怎么了？"

我大声哭着："我的妈妈在哪儿？我妈妈在哪儿？"悲伤对于我而言似乎已经无法抑制了，我只能无助地跪倒在他的面前，抽泣着，"我的妈妈在哪儿？亲爱的人，请告诉我，我妈妈在哪儿？"

"原谅我啊，我可怜的孩子啊！唉……可怜的孩子，我怎么揭了她的伤疤啊……怎么能做这种事……来吧，孩子。涅朵奇卡，跟我来吧……"

他抓住我的手，快步带我离开。很明显，他的内心已被深深触动了。最后，我们一同来到了一个我从未见过的房间。

这是一间圣像室。当时已然黄昏。灯盏在圣像金色的框架和宝石上闪耀着明亮的光芒。在那光的覆盖之下，甚至圣像的面容都显得黯淡了。这里的一切都不像其他房间，一切都是如此神秘和阴郁。一种奇怪的恐惧霎时涌上我的心头，让我惊诧不已。此时此刻，我更难过了。公爵扶着我，让我跪在圣像前，然后自己跪到我的旁边……

"祈祷吧，孩子，祈祷吧，我们都祈祷吧……"他柔和而急促地说着。

但是我不能祈祷。我的内心并不平静，其中甚至夹杂着恐惧。我想起来自己同父母度过的最后一晚。那种紧张压抑着我。就这样，我就又一次躺在病床上了。而这次患病害得我险些死掉。整件事的经过是这样的：

有天早上，我醒来的时候听到了一个十分熟悉的姓氏——S－茨。这个姓名是家里的某个人在我的床边说出来的。我打了个寒战，记忆涌上心头。我回忆着，幻想着，在其中痛苦着。那真正的谵妄霎时包围了我，以至于我自己都不知道究竟在它的包围下躺了多久。很晚我才醒来，周围已是一片漆黑，连家里的夜灯都熄灭了，坐在我房间的那个女仆也不见了。恍惚之中，我听到一阵遥远的乐声传来。那声音时而沉寂，时而响亮，似乎正在一步一步接近我。我不记得究竟是什么力量作祟，什么感觉控制，什么想法从我病恹恹的小脑壳里诞生。我竟然从床上爬起来了，天知道是什么给了我气力。我着急忙慌地穿上丧服，黑暗中摸摸索索地出了房间。接下来的那段路上我经过了两个房间，都没有碰到任何人。最终，我到了走廊上。那个声音也变得越来越清晰了。走廊的正中间是个楼梯，通往楼下。之前，我总是沿着它下去，到那几个大房间里去。现在，楼梯上灯火通明，大厅里人头攒动。我藏进角落，尽可能不被人注意到，找了机会才走下了楼梯，进入了第二条走廊。毗连大厅的地方乐声荡漾，那里很是嘈杂，欢声嚷嚷，好像有成千上万的人在其中。一面巨大的双层红色天鹅绒帷幔遮住了通往大厅的门。我掀开第一层藏了进去。当时，心脏突突地跳，害得我都快站不稳了。但几分钟后，我鼓足了勇气，掀开了第二面帷幕——一种恍然大悟的兴奋感深深震撼了我。

上帝啊！

那个我一直害怕走进去的昏暗大厅,现在灯火通明,千万盏灯散出光芒,就似光的海洋一般将我缠绕。那一瞬间,我那双习惯了黑暗的眼睛被这光芒闪烁得生疼。芳香的空气,就像是这片光海的风,它们拥涌到我的脸上。无数的人前后走动着,但他们都是那样开心,每个人的面庞上都写满了欢乐和愉悦。女人们则仪雍容华贵,她们撩动着明艳的衣裙,说笑着,走着。总之,目光所及,皆是欢乐。

我呆愣住了,就像是中了定身术。眼前的一切我总觉得好像是见过的,在什么时候呢?在什么地方呢?还是说在我的幻梦里呢?没错,就是在梦里!我那病恹恹的小脑壳里,之前已然死亡的幻想腾地重燃,一种难以解释的狂喜之泪从我眼眶中喷薄而出。我在人群中激动地寻找着,"他一定在这里,一定在这里",我的心也因为那种激动狂热地跳动着,"我的爸爸一定在这里"。我都快喘不上来气了。

乐声沉寂下去了,取而代之的是一阵嘈杂,大厅四周,一阵低语四处响动。而我却在急切地看着面前闪过的一张又一张面容,竭力辨认和寻找着那个人。突然之间,大厅里的嘈杂转化为一阵不同寻常的骚动。一个又高又瘦的老人走上了高台,他面色苍白,向着观众微笑致意。接着笨拙地转身,对着各个方向轻轻鞠躬。他的手里是一把小提琴。

骚动消失了,人群静默下来,所有人都好像屏住了呼吸,所有目光都投射到这位老人身上,所有人都急切地等待着。

而他缓缓拿起小提琴,抄起琴弓,贴住琴弦。

音乐开始了,我的心也像被什么东西攥住了。它把我摁进了无穷无尽的悲伤之中，甚至呼吸都变得困难，可我的耳朵仍旧能听到这声音。这声音好像我也听过，在什么地方呢？在什么时候呢？似乎也有一种奇妙的预感从那声音中萌发，预示着某种令人恐惧、令人战栗的东西。那声音也把这种预感播撒进了我的心里，它开始发芽。最后，小提琴拉得越来越快，嘈嘈杂杂中，尖厉的声响一波又一波强力地袭来，就在突然间的某个时刻，它变成了令人绝望的哀号、令人动容的哭诉、令人无奈的徒劳祈祷。人群也被这种氛围感染了，大家也变得凝重，一切都在绝望中沉寂下来。这其中，一定有什么东西让我的心越来越感到熟悉。可它就是拒绝相信。我咬紧了牙关，生怕因痛苦而呻吟，我紧紧抓住帷幔，生怕自己倒下去……有时，我甚至会紧紧地闭上眼睛，再猛地把它们睁开。似乎睁开眼睛的时候，我就在那些可怕的、令我熟悉的时刻中醒来，发现眼前的一切不过是黄粱一梦，发现耳边的声响不过是那致命之夜的背景音乐。可每次我睁开眼睛，我努力确认，我急切地看向人群——不，不是的，这是些陌生的面孔，这是另外的一群人……我觉得，他们每一个人都和我一样，都在等待着什么，都被摁进了深深的忧愁之中。他们都想大大喘一口气，长长痛号一声。仿佛这样那些忧愁就能消失，他们就能逃离。可这叹息和哭号却只能让那忧愁的海洋越发持久，越能吞噬。其中的悲苦自然也越难逃离……

突然之间，传来了最后一声可怖、悠长的呼喊。我的心都为之狠狠地颤动！就是他，就是这声呼喊。我认出了他，我听到过它！就是他，在那个时候，在那个晚上，扎穿了我的心脏。

"爸爸！爸爸！"这个想法似雷电一样从我脑海中闪过，"他就在这！就是他！是他在叫我！这就是他的琴声！"大厅里响起可怕的掌声，仿佛是沉默的人群一齐爆发出来的哀鸣。一阵刺耳又绝望的哭号从我胸中迸发。此一刻，我再也受不住了。我甩开了帷幔，冲了进去！

"爸爸！爸爸！就是你！你在哪里？"我喊得都要忘我了。

我也不知道自己究竟是怎么跑到了高个子老人身边的，只知道人们纷纷闪开，替我让出了一条道路。我痛苦地呼喊着，狂奔着。我以为我又能抱紧父亲了……突然间，我看见我被某个人又长又干巴的手紧紧抓住，我被他举到空中。我看到某个人黑黑的眼睛紧紧地盯着我，其中的热量仿佛就要烧死我。

我看着那个老人。一个想法突然从我脑海中闪过：

"不！这不是爸爸！这是杀了爸爸的凶手！"

一阵狂暴控制了我。我突然间觉得，他的狂笑从我头顶传来，随即回荡在大厅，转化为某种齐声的、共同的呼喊。

我失去了知觉。

五

这段时间是我第二次也是最后一次生病。

当我再次睁开眼睛的时候,我看到一个和我同龄的女孩子。她的脸就斜在我的上方。我的第一个动作就是向她伸出双手。第一眼看到她的时候,一种奇妙的幸福感,一种甜蜜的预感就充满了我的灵魂。想象一下,一张完美无瑕、沉鱼落雁的小脸蛋,一种引人注目、光彩熠熠的美,那种你看到了就会突然为之停下,就像是心脏被刺穿,在甜蜜的尴尬中因为喜悦而止不住颤抖的美。你甚至会感恩那种美的存在,感恩你为她停留的目光,感恩那种美从你身边经过时候的愉悦。这就是公爵的女儿——卡佳。她刚刚从莫斯科回来。她为了我这一动作而微笑,而我脆弱的神经却因为甜蜜的喜悦而隐隐作痛。

卡佳唤来父亲,当时他正在两步远的地方和医生交谈。

"哦,谢天谢地!"公爵握着我的手,脸上闪烁着真诚的喜悦,对我说,"太好了!我太高兴了,高兴!我太高兴了!"他话说得很快,"看!卡佳,女儿,看啊!你们认识一下,这就是你的朋友。涅朵奇卡,你这个小害人精,你可真把我吓得不轻……"

我接下来的康复就很快了,没几天我就能走路了。当时每天早上,卡佳都会来到我的床边,总是带着微笑,带着她从不离开嘴唇的笑声。她的出现让我期待,就像是等待某种幸福的来临。我真的好想亲吻她!但是这个活泼的女孩子每次过来也就待上几分钟。她坐不住的。她天性使然,需要动弹。她总是充满活力,一会儿跳跃,一会儿奔跑,在整栋房子都能听到她弄出来的喧哗和噪声。所以,她第一次就对我说,在我身边她觉得无聊,所以她一定不会经常来,但是她又不可避免地可怜我,所以没办法,不得不来,但一旦我康复,那可就太好不过了。所以,那段时间每天早上她对我说的第一句话就是:

"嘿!你好了没?"

那时候我瘦巴巴的,面色也不好,忧伤的脸上只能勉强挤出来一个略带恐惧的微笑,而卡佳则立马皱起双眉,摇摇头,愤怒地跺起脚来。

"昨天就给你说过了,要快快好起来。怎么了?是不是那帮人没有好好给你吃的?!"

"是的,不多。"我怯生生地回答她。因为我当时已经在发抖了。我非常想让她喜欢我,所以我说出来的每一个字、做出来的每一件事都会让我自己害怕。她的到来总是让我兴奋,让我越来越兴奋。我的眼睛从没有离开过她,当她离开的时候,我还是像中了定身术一样呆呆地看着她离去的方向。慢慢地，她也出现在了我的梦中。而在梦醒的时候，她不在的时候，我就开始在脑海中编织我和她的对话，幻想中，我和她成为好朋友，和她一起调皮，一起犯错，一起挨骂，然后一起哭泣。简而言之，我梦想着她，就像是一个热恋中的人一样。我好想康复，好想快快地胖起来，就像她建议的那样。

可有天早上，卡佳又一早跑过来的时候，她一张嘴就是："你怎么还没好？你怎么还这么瘦？"

我就像是犯了罪一样，感觉到害怕。可是，我又怎么能一天之内就好起来呢？所以，她开始把这件事放在心上了。

"那么，要不要今天我给你捎来个馅饼？"有天她突然对我说，"那东西，你一吃就胖，很快就胖。"

"带吧！"我兴奋地说。每一次相见都让我更期盼下一次见到她。

卡佳会习惯性地坐在我对面的椅子上，询问我的身体情况，用她黑漆漆的眼睛上下打量我。一开始，我们刚刚认识的一开始，她会带着非常天真的惊讶一刻不停地从上到下审视我。可是我们的谈话并不顺畅。相比于她的活泼和乖张任性，我实在是太畏畏缩缩了。可是，我又总是想和她说话，想得要命。

"你怎么不说话啊？！"一阵沉默之后，卡佳开口了。

"爸爸在做什么？"我问，这句每次都能用得上的现成话让我很是高兴。

"没做什么喽……爸爸好着呢。我今天喝了两杯茶，不是一杯茶。你今天喝了几杯？"

"一杯。"

沉默。

"今儿法斯塔夫想咬我来着。"

"狗吗?"

"对啊,狗。怎么,你没看到过那条狗吗?"

"看到过了!"

因为我不知道怎么回答,公主再次以诧异的眼神看着我。

"怎么了?我和你说话你觉得没意思吗?"

"没有!我很高兴!我希望你常来。"

"他们都说,只要我来了,你就会开心。快点好起来,快点下床,我今晚给你捎个馅饼过来……不是,你这个人怎么不说话呢?"

"只是因为……"

"因为你在想事情,是不是?"

"是的,我总是在想事情。"

"他们都说我话说得太多,事儿想得太少。怎么说话还不对了?"

"没,你说话的时候我就很高兴。"

"对,抽空啊我得去问问莱奥塔尔夫人,她可是什么都知道。但问题是,你又在想什么呢?"

我犹豫了一下:"在想你。"

"想我会让你舒服吗?"

"是的。"

"这么说来,你是爱上我了?"

"是的。"

"嘿,我不爱你!你太瘦啦!等着,我去给你捎个馅饼。就这样,再见!"

她就像飞过来一样,吻了我一下,一溜烟消失在门外了。

但是午饭后,她确实带着馅饼来了。她疯疯癫癫地进来,高兴地哈哈大笑,因为她还是想办法给我拿来了别人不许我吃的东西。

"多吃点,多吃点!跟你说,这可是我自己的那份。我都没吃!就这样,再见!"

就这么一眼,她就走了。

还有一次她也是突然飞了过来。不是在惯常的早上,而是在午饭之后。当时她黑色的鬈发被风吹得乱七八糟,脸也烧得红到发紫,眼睛闪闪发光。就是说,她起码已经连跑带跳一两个小时了。

"毽球会玩儿吗?"她气喘吁吁地对我说着,语速飞快,像是要立马去什么地方似的。

"不会。"这话一说出口,我就开始后悔了,我应该说"会"。

"真可惜!行吧,你快好起来,等你好了我教你!我就是过来跟你说一声!我正和莱奥塔尔夫人打球呢,就这样,再见!"

我终于等到能下地的时候了,尽管当时我还是很虚弱,可我的第一个想法就是,再也不和卡佳分开。有一种说不清道不明的力量把我拖向了她。我就是看不够她。这一点也让卡佳惊讶。我对她的喜爱是那么强烈,在那种崭新的感觉中行走的时候,我的步伐都变得热切,热切到她都不可能注意不到。甚至一开始,她只是觉得这是一种从没见过的古怪行为。我记得有一次,在玩儿什么游戏的时候,我突然失去了控制,扑向了她,搂住她的脖颈亲吻着她。她费力挣脱了我的怀抱,抓住我的手,皱着眉头,就像是被冒犯到一样,问我:

"你干什么?!你吻我干什么?!"

我就像是个罪犯一样尴尬不已,被她突如其来的问题着实吓了一跳,一句话也答不上来。公主耸了耸肩,这是她平时用来表示"困惑和不解"的习惯。她严肃地噘起自己厚嘟嘟的嘴唇,停下了游戏,坐到了沙发的角落里,从那儿一直盯着我,审视我,很久很久。她暗自在想些什么,似乎在解决突然出现在她脑海之中的新问题。这也是她在所有"难为情"情境下的习惯。而这些习惯和她性格中那些突兀、生硬的表现,我花了很多时间才能适应。

一开始,我责备自己,我觉得自己确实有很多奇怪之处。尽管事实真的如此,但我仍旧被那些困惑折磨着。为什么我就是不能在最开始就和卡佳成为朋友呢?为什么我不能一开始就让她永远喜欢上我呢?我的挫败感让我备受屈辱,卡佳对我每一次粗鲁的言语、每一个不信任的眼神都会让我难过,让我哭泣。我的悲伤不断增长着,不是以天为单位,而是以小时为单位。一切事情在卡佳身上都进行得飞快、突兀。用不了几天我就发现了,她根本不爱我,甚至开始讨厌我。在她那似闪电一般快速的动作中反映出的,是她那种直接的、天真的性格,甚至可以说是高贵的、优雅的。我如若不如此强调,恐怕会有人觉得卡佳小姐只是粗野。

她开始对我表现出的怀疑,很快就转向了蔑视。至于其原因,恐怕是我最开始完全不会玩任何游戏。卡佳喜欢嬉戏、玩耍，她活泼、敏捷，而我则完全相反。我虚弱，安静，惯于沉思，玩游戏不能让我快乐。总而言之，我就是缺少让卡佳喜欢我的能力。此外，我还不能接受别人对我不满意。只要我发觉到了，我就立马感觉到悲伤，接着便是勇气尽失，直到完全不能弥补自己的错误，改变别人对我不利印象的地步。总而言之，我彻头彻尾地失败了。

而卡佳理解不了这一点。最开始的时候，她还被我吓到了，按照她的习惯惊讶地看着我。当时她在我身上花了足足一小时，教我怎么打毽球，可就是教不会。而我则因此突然开始悲伤，眼泪就在眼眶里打滚。于是三思之后，卡佳明白了，从我这儿也好，从她脑海中的思绪里也罢，她都得不到任何好处。于是她直接抛下我，自己玩儿去了，甚至也不想再邀请我了，接连几天都不和我讲话了。这让我难过极了，我无法接受她的忽视。新的孤独相较于之前的要更加痛苦和难熬，我又开始愁眉苦脸，又开始躲在什么地方独自沉思，任凭黑暗的想法再次笼罩我的心。

当时负责监护我们的是莱奥塔尔夫人，她很快注意到我们俩的交往发生了这种变化。因为吸引到她注意力的人是我，而我那种迫不得已的孤独也深深触动了她的心。她直接去找卡佳，责备她不懂得善待我。而卡佳则皱起眉头，耸耸肩说，她没什么可以和我做的，说我连玩儿都不会，总是在想什么事情。她还说，现在她宁愿等她弟弟萨沙，反正后者也要从莫斯科回来了，有了萨沙自然会快活多了。

这番话并不能让莱奥塔尔夫人满意，她对卡佳说不能这么做，不能把我一个人丢下，说我还是个病人，怎么可能像她一样活泼。而且她同我在一起确实有好处，因为她实在是太闹腾了。接着便是一些数落她的话语，比如说什么差点让家里的狗被药死之类的。总而言之，莱奥塔尔夫人狠狠地训斥了卡佳一顿，还命令她来找我，同我和好。

卡佳十分专注地听了莱奥塔尔夫人的话，似乎真的从这番训斥中明白了什么新的道理、对的东西。她丢下刚刚在大厅里滚着玩儿的铁环，走到我面前，认真地看着我，吃惊地问道：

"你真的想玩儿这些吗？"

"不……"我怯生生地回答道。当时我的恐惧既是因为我，也是因为她。

"那你想要什么？"

"我想坐着……我太累了，我跑不动了……只是，求你不要生我的气，卡佳，因为……我真的爱你。"

"行吧！那我就一个人玩儿。"卡佳缓慢而清晰地如是回答道，她好像很惊讶地发现到头来似乎她并没有什么错，"就这样，再见了。我不会生你气的。"

"再见！"我一边回答她，一边站起身来，伸出了手。

"你是不是想要亲亲？"她稍微思考了一下，如是问道。可能是回忆起了我们不久之前的场景，想要取悦我，好尽快和和气气地结束和解的任务。

"都行！"我怀着希望怯懦地回答说。

她走近我，严肃而不微笑地亲吻了我。这样，她就圆满完成了和解任务，甚至可以说是超额完成。她被派来的时候，任务就是给那个可怜的女孩子带去完全的满足。现在任务完成了，她也就心满意足地从我身边跑开，整栋宅邸的每一个房间又开始回荡她的笑声和喊声，一直到她筋疲力尽、气喘吁吁，倒在沙发上休息，积蓄体力的时候。

当天晚上，她一直用怀疑的目光看着我，显然，我对她来说，变得看起来非常奇怪和陌生。显然，她想和我说些什么，好解答她的什么疑惑。但，我也不知道为什么，她竟然克制住了。

每天上午，卡佳都要上课。莱奥塔尔夫人会教给她法语。她们的课程就是不断复习语法和阅读拉封丹①的作品，授课时间也不是很长。因为，这两个小时的授课时间都是大家勉强从她那儿求来的。她最终在父亲的请求、母亲的命令下，勉强接受了这个请求。但是，她对这两个小时非常认真。因为这是她自己的承诺。她有一个十分罕见的能力——理解问题很快。但是她也有一个小小的怪癖：如果有什么不懂的事，她会自己想，找别人帮忙克服她自己无法解决的问题似乎会让她生气。她只有在穷尽一切脑力，陷入绝境的情况下，才会去找莱奥塔尔夫人，请求她帮助解决自己没法应付的问题。她事事如此。尽管乍一看并不明显，然而她确实已经思考了很多。与此同时，她的天真与年龄并不相称：有时候她会问出一个十分愚蠢的问题，有时候她的回答却能显示出最具远见的细致和狡猾。

因为我的身体情况确实好转了，莱奥塔尔夫人在简单测试了我的

---

① 让·德·拉封丹（Jean de La Fontaine，1621年7月8日—1695年4月13日），法国诗人，以《拉封丹寓言》留名后世，代表作《乌鸦与狐狸》。

知识水平后，发现我有很好的阅读能力，但是书写功夫很差，几乎是立刻就断定，极其有必要让我学法语。

对此我也没有什么好反对的。于是某天早上，我和卡佳一块儿坐在了书桌前面。碰巧，卡佳这次就好像是故意的一样，她迟钝极了，注意力也不集中，以至于莱奥塔尔夫人都认不出她了。而我仅用一堂课的时间，就几乎完全认识了所有的法语字母。因为我希望尽可能通过我的勤奋取悦莱奥塔尔夫人。快下课的时候，莱奥塔尔夫人生气了。

"你看看她！"她对着卡佳指着我说，"她是个生病的孩子，第一次上课，就做了你十节课都干不了的事儿。你不羞愧吗？"

"她知道的比我还多吗？"卡佳很是诧异，"她不是才学字母表……"

"你学字母表用了几节课？"

"三节课。"

"可她，她一节课就学会了，她的理解速度是你的三倍，眨眼就能超过你。对不对？"

卡佳想了一会儿，脸红得就像是罂粟花。她确信莱奥塔尔夫人的话是有道理的。她小脸烧得通红，其中少不了尴尬的羞耻——这也是她每次吃瘪时候的习惯。比如说，她的恶作剧被揭穿了，她因为什么事儿恼怒了，又或是自尊被伤害了，总而言之，只要吃瘪了她就会这样。这一次，泪水就在她的眼眶里打转。她沉默着，只是看了看我，就好像想用眼神烧死我。我立刻就明白了。可怜的小家伙，她的自尊和自傲已经到达了极点。当我们离开莱奥塔尔夫人的时候,我想要说些什么话,尽快驱散她的恼怒,表明法国女人说的话不怪我。可卡佳一直沉默着,就像没有听见一样。

一个小时后,我还是想着卡佳,当时我正坐在上课的房间,生怕她以后再也不会和我说话了。卡佳走了进来。她皱着眉头看着我,像往常一样坐在沙发上,盯了我足足半个小时。最后,忍不住的人是我,我向她投过去一个"怎么了"的眼神。

"你会跳舞吗?"

"不,不会。"

"我会。"

沉默。

"钢琴会弹吗?"

"不,不会。"

"我会。而且这个东西不好学。"

沉默。

"莱奥塔尔夫人说,你比我聪明。"

"莱奥塔尔夫人只是对你生气了。"

"那爸爸也会对我生气吗?"

"我不知道。"我回答说。

沉默,卡佳不耐烦地轻踢着地板。

"那么,你会因为我比你懂得多而嘲笑我吗?"她再也无法忍受自己的恼怒了,于是问道。

"啊……不会，不会！"我从座位上跳起来，一边高声回答着，一边冲向她，想要拥抱她。

"公爵小姐，你这么想、这么问，难道不羞愧吗？"就在这时传来了莱奥塔尔夫人的声音，她已经偷偷观察我们五分钟了，她听见了我们的交谈，"你应该羞愧！你怎么能嫉妒这个可怜的孩子，在她面前显摆你会跳舞、会弹琴？真羞人啊！我要把这些全部告诉公爵大人！"

卡佳的脸烧得红通通的。

"这是愚蠢的情绪！你拿这些问题欺负她！她父母是穷人，雇不起老师。她只能靠自学，因为她有一颗又好又善良的心。你应该爱她！可你现在却想和她吵架！羞不羞啊！羞不羞啊！你要知道，她已经是孤儿了，她已经没有亲人了。你还可以在她面前显摆自己是公爵的女儿，可她连父母都没有了。现在你一个人待着去吧，好好想想我对你说的话，改正吧！"

卡佳这一想就是整整两天。因为两天我都没有听到她的笑声和尖叫声。半夜醒来的时候，我甚至还能听见她在梦里继续和莱奥塔尔夫人争论。甚至，她还在这两天瘦了一些，亮堂堂的小脸上红晕也不那么明显了。最后，第三天的时候，我们两个人在楼下遇见了。就在那些大房间里，卡佳那时候正好从她妈妈的房间里出来。看到我的时候，卡佳停了下来，在对面不远的地方坐下。对于将要发生的事情，我害怕极了，止不住地颤抖。

"涅朵奇卡，我为什么要因为你挨骂啊？"她最后问道。

"不是因为我，卡佳。"我急忙为自己辩护，回答说。

"但是莱奥塔尔夫人说了,说我伤害了你。"

"没有,卡佳,没有。你没有伤害我。"

卡佳耸了耸肩,这表示困惑和不解。

"你为什么总是哭啊?"她沉默了一会儿,问道。

"如果你愿意的话,我以后不哭了。"我哭着回答说。

她又耸了耸肩。

"你以前也总是哭吗?"

我没有回答。

"你怎么就住在我家了?"她突然问道。

就像是有什么东西刺痛了我的心,我惊讶地看着她:"因为我是孤儿。"我终于鼓起了勇气。

"你有爸爸和妈妈吗?"

"有。"

"他们不爱你吗?"

"他们……爱我。"我回答得很费力。

"他们很穷吗?"

"是的。"

"非常穷吗?"

"是的。"

"他们什么都没教过你吗?"

"教过我认字。"

"你有玩具吗?"

"没。"

"你有甜品吗?"

"没。"

"你们有几个房间?"

"一个。"

"一个房间?"

"一个房间。"

"你有仆人吗?"

"没有,没有仆人。"

"谁给你们跑腿儿?"

"我自己跑腿儿……"

卡佳的问题越发刺痛我的心。我的回忆,我的孤独,公爵小姐的诧异,这一切都在撼动着、刺痛着我那颗早已流血的心。我激动得浑身发抖,涕泪横流,哽咽得喘不上来气。

"住在我们这儿,你很开心吧?"

沉默。

"你有好衣服吗?"

"没有。"

"不好的有吗?"

"有。"

"我看过你的衣服了,别人给我看过了。"

"那你为什么问我?"我如是问着,一种前所未有的新感觉让我浑身颤抖，我从座位上站了起来，"那你为什么问我？"我气得脸通红，继续问道，"你为什么嘲笑我？"

卡佳涨红了脸，也站了起来。但转瞬之间，她就克服了自己的激动。

"没有……我没有嘲笑你，"她回答说，"我只是想知道，你爸爸妈妈到底穷不穷……"

"你为什么要问我爸爸妈妈的事情？"我实在是太难过了，哭着说，"你为什么要这么问他们？卡佳，他们对你做过什么吗？"

卡佳尴尬地站在那里，愣住了。就在这个时候，公爵进来了。

"涅朵奇卡，你怎么了？"他望了我一眼，看到我脸上的泪水，问道，"你怎么了？"一边说着，他一边瞥向脸红得就像着了火的卡佳，"你们在说什么？你们怎么吵起来了？涅朵奇卡，为什么吵起来了？"

我已经说不出来话了，只能抓住公爵的手，含着泪亲吻它。

"卡佳，你别撒谎，告诉我到底发生了什么。"

卡佳不会撒谎。

"我对她说，我看到了她和她父母在一块儿生活时候的破烂衣服，我说，那些衣服有多破烂。"

"谁给你看的？谁这么大胆？"

"我自己看到的。"卡佳回答得很坚定。

"嗯……行，我知道你，你不想告发别人。还有呢？"

"然后她就哭了。问我，为什么要嘲笑她的爸爸妈妈。"

"这么说来你嘲笑他们了?"

卡佳竟没有任何嘲讽,真是天大的好事!但我一想到这事儿就明白,她的心里有这样的想法。她一句话也没有回答,换句话说,她默认了。

"现在我们就去给她道歉!请求她的原谅。"公爵指着我说。

卡佳的脸白得就像一块手帕,她一动不动。

"怎么?!"

"我不想……"卡佳最终低声说道,目光坚定。

"卡佳!"

"我不想,不想,不想!"她突然尖叫起来,双眼泛着泪光,跺着脚,"我不想请求她的原谅!爸爸!我不爱她!我不想和她一块儿生活!……她整天哭来哭去又不是我的错。我不想!我不想!"

公爵拉起她的手:"你跟我来。"说着带着卡佳去了她自己的书房,"涅朵奇卡,你上楼去吧。"

我想冲到公爵的前面,想要为了卡佳求情。但公爵严肃地重申了他的命令。我走上楼,吓得像死了一样发冷。等到了我和卡佳的房间,我一头栽在长沙发上,双手抱头。就这样数着时间,焦虑地等待卡佳,我甚至想扑通跪倒在她的脚边。最后,她回来了,一句话都没跟我说,从我身边走了过去,坐在角落里。她眼睛都哭红了,脸颊也因泪水肿了起来。我的决心全都消失了。因为太害怕了,只能惊恐地盯着她,连腿都挪不动。

我竭尽全力责备着自己,竭尽全力向自己证明这一切都是我的错。我一千次想接近卡佳,也一千次停了下来。我不知道她会怎么看待我。就这样,一天过去了。第二天傍晚的时候,卡佳变得快活些了。她在自己的房间里轱辘着铁环,但很快就丧失了兴致,一个人在角落里坐下了。在该上床睡觉之前,她突然向我转过身来,甚至还朝着我走了过来,嘴巴微张,似乎有话要说,但是她停了下来,转身上了床,然后躺下了。

如是又过了一天,莱奥塔尔夫人都被惊动了,她询问卡佳,到底怎么了,是不是生病了,怎么就突然沉默了。卡佳只是回答了句,要去玩儿捡球。但莱奥塔尔夫人刚一转身,她就脸上一红,号啕大哭。她跑出了自己的房间,不让我看到她。最后,一切都解决了:在我们争吵了整整三天之后,她突然在下午走进我的房间,怯生生地来到我的身边。

她对我说:"爸爸让我请求你的原谅,你原谅我吗?"

我一把抓住卡佳的双手,激动地喘息着说:

"好!好!"

"爸爸让我和你亲吻,你愿意亲吻吗?"

作为回应,我开始亲吻她的双手,把我的泪水全都涂在了上面。我看着卡佳,捕捉到了她脸上某种不同寻常的动作。她的嘴唇轻轻触碰,下巴颤抖,一汪热泪就在眼眶里打转。但一瞬间,她就把这股情绪收住了,双唇之间甚至闪过了一丝微笑。

"我去告诉爸爸,对他说,我亲你了,我也得到你的原谅了。"她一边轻声说着,一边好像在想着什么事情,沉默片刻,她补充说,"我已经三天没见到他了,他说了,我如果不这么做,我就不能进去。"

说完这些,她若有所思、羞怯地离开了,似乎还没有确定父亲到底会不会接受她。

但一个小时后,楼上就传来了叫嚷声、嘈杂声、笑声和法斯塔夫的叫声。书飞到地上了,什么东西被打翻了,什么东西碎掉了。铁环"叮当"作响,从这个房间滚到那个房间。总而言之,我知道,卡佳和她父亲已经和好了。我的心甚至兴奋得打战。

但是她还是不来找我。她显然是想避免和我交谈。与此同时,我却在尽可能地引起她的好奇心。她坐在我的对面,时不时观察着我,越来越频繁地瞄向我。她观察我的方式相比之下还是太天真了。毕竟,她是个娇生惯养、独断专行的女孩儿。她在家里被当作掌上明珠,人人宠她,爱她,呵护她。她怎么能明白,我是如何在她根本不想见我的时候,好几次和她"意外"撞见的?但是,她也有美好、善良的心灵。她只凭本能,就能找到那条属于自己的良善之路。所有人里面,对她影响最大的就是她父亲。毫无疑问,卡佳也爱他。卡佳的母亲也爱她,只不过,这份爱是严厉的爱。卡佳从她母亲那里继承到了固执、骄傲和坚定的个性,当然也继承了母亲的全部任性,甚至可以说已经到了独断专行之地步。鉴于公爵夫人对于教育的奇怪理解,卡佳的个性自然也可以被视为"放任自流的溺爱"和"毫无情面的严苛"二者之间拉扯的产物。一件事情往往昨天还是被允许的,今天就被毫无理由地禁止了。这孩子对于何为公正的感觉自然受到了伤害。

只是,这个故事就是后面的事情了。

我只是想说,这个孩子已经能够确定她和她父母之间的关系了。她同父亲在一起的时候,就是她本来的样子,一切都是开诚布公的,没有什么好隐瞒的。而她同母亲在一起的时候则完全相反。她自闭,她对母亲不信任,她盲目服从母亲的安排。但是,她的服从并不是出于真诚或是什么信仰,而只是出于某种必要的安排。这一点,我之后会做出解释。然而,我要说,我的卡佳有一点尤其值得称颂,她最终还是理解了自己的母亲。当她服从于母亲的安排之际,她就已经理解了母亲之爱的无限性。只是说母爱啊,总是会过了火,变成某种痛苦的狂热。而我们的卡佳,她宽宏大量,她把这一点也考虑在内了。唉!只是说,这种考虑对她后来那发热的脑袋瓜也没多大帮助。

然而,我几乎无法理解在我内心中所发生的一切。我心灵的深处似乎被一种新奇而难以言喻的感觉所搅动,若我说,"我正遭受着煎熬,被这股新的感觉折磨着",这都并非夸张。总而言之——请原谅我的直白——我已深深地爱上了我的卡佳。是的,这确实是爱,一种包含着泪水与欢笑、热情与真挚的爱。究竟是什么吸引了我?是什么激发了这份情感?这份爱,它始于我初次见到她的那一刻,那一刻,我所有的感官都被这个宛如天使般可爱的孩子深深触动,甜蜜地触动了。她的一切无不美好,当然人无完人,她的缺点也都并非天生,而是后天形成,在不断的斗争中形成的。美的迹象随处可见,尽管它们暂时还带有一层虚假的外表,但她身上那些源自这场斗争的特质却闪烁着令人欣慰的希望之光,预示着一个光明的未来。她赢得了每个人的欣赏与爱戴，我并非唯一一个有如此感受的人。我们常常在午后被带去散步，而每一个路人，仅仅是匆匆一瞥，便仿佛被她的美丽所震惊，停下了脚步，在她那幸福的足迹之后，留下一连串的惊叹。她似乎就是为幸福而生，她就该为幸福而生——这便是我与她初次相见时的感受。也许，正是在那一刻，我内心首次萌生了对美的感知，对优雅的感知，它们第一次被唤醒，被她的美丽所触动——这便是我爱慕的全部起源。

卡佳性格中的主要缺点，或许更准确地说，应该是她个性中最为显著的特征就是她的骄傲——那是种难以抑制、总是试图以原始形态展现的自我；那是自然而然地处于一种回避与斗争中间状态的东西。这种骄傲甚至触及了最微不足道的、天真烂漫的小事，并且达到了一种自尊自爱的境界。例如，面对任何形式的冲突，她都不感到委屈或愤怒，而只是惊诧。她无法理解，为何会有一些事物与她的期望背道而驰。然而，正义感始终在她心中占据着主导地位。一旦她确信自己是错误的，她会立刻毫无怨言、毫不犹豫地接受裁决。如果她与我的关系曾违背了我自己的意愿，我要说明的是，这一切源自她对我的某种难以言喻的反感，这种反感一度扰乱了她整个存在的秩序与和谐。这种情况的发生是不可避免的：她对自己的爱好太过投入，而且总是只有榜样和经验引导她走向正途。她所有的创新之举，其结果都是美好而真实的，但这些成就无一不是以不断的偏差和错误为代价换来的。

卡佳不久便完成了对我的审视，并最终决定不再打扰我了。我的存在她置若罔闻，就好像我根本不属于这个家庭，对我也没法有任何多余的言辞，甚至连必要的交流也省略了；她把我巧妙地排除在了游戏之外，这种排除并非强制，而是如此巧妙，仿佛我情愿接受这样的安排。上课自然有上课的规矩，虽然莱奥塔尔夫人认为我本性睿智、宁静，让卡佳以我为学习的榜样，但是我也失去了机会去伤害她那极其脆弱的自尊心，这份自尊心如此敏感，连家里的斗牛犬约翰·法斯塔夫爵士的一个不经意的举动也能伤害到它。法斯塔夫天性冷漠，在被激怒时却凶猛异常，甚至到了无视主人权威的地步。它对任何人都没好感，但无疑，它最强烈、最本能的敌人便是我们的公爵小姐……这个故事，我们后面会讲。自尊心极强的卡佳，竭尽全力想要克服法斯塔夫对她的厌恶——在这个家中，竟然有这样一个生物，唯一一个不认可她的权威、她的力量，不愿在她面前屈服，也不爱她的生物。这个生物让她非常不悦。因此，公爵小姐决定亲自向法斯塔夫发起挑战。她决心要统治和支配一切，法斯塔夫又怎能逃避自己的命运呢？只是，这只顽强不屈的斗牛犬绝不屈服。

有一次，午饭之后。我们两个坐在楼下的大房间里，法斯塔夫舒适地躺在房间的中央，享受着宁静的午后时光。突然，公爵小姐萌生了一个念头，她想要驯服这头桀骜不驯的斗牛犬。于是，她停下了自己的游戏，轻盈地踮起脚尖，念叨着最温柔的昵称，比画着最友好的手势，小心翼翼地靠近法斯塔夫。然而还隔着老远，法斯塔夫就露出了它那令人生畏的利齿。卡佳只好停下了脚步。她本想走到法斯塔夫身边，摸摸它，但除了把它当作宝贝的公爵夫人，它从不让其他人这么做。她试图引导法斯塔夫跟随自己，但这一企图充满了挑战和风险，因为一旦法斯塔夫觉得必要，它完全能扯下她的手臂，甚至把她撕成碎片，不费吹灰之力。它的力量如同熊一般强大。我只能带着忧虑和恐惧，注视着卡佳的这场冒险。要让卡佳立刻放弃并不容易，即使法斯塔夫轻蔑地露出尖牙，也无法立即让她退缩。意识到接近法斯塔夫并不容易，公爵小姐带着困惑开始在她的对手周围绕行。法斯塔夫则稳如泰山，不为所动。卡佳又绕了一圈，距离明显缩短，接着是第三圈，但当她接近法斯塔夫似乎划定的界线时，它再次露出了牙齿。公爵小姐气得跺了跺脚，思索着退了回去，狠狠坐在了沙发上，结束了她的尝试。

大约过了十分钟光景，卡佳便萌生了一个新的引诱策略，她步出房间，归来时手中多了一些家中储藏的甜蜜点心——小面包、馅饼，凡此种种。显然，她更换了她的"武器"。然而，法斯塔夫仍旧不为所动，或许是由于它终日饱食，对于卡佳投喂的甜点，它甚至连瞥一眼的兴趣都没有。当卡佳再次接近法斯塔夫所认定的不可侵犯之界线时，新一轮的对峙随即上演。只是这一次的较量，较之先前更为紧张和激烈。法斯塔夫缓缓抬起了头，露出了它那令人生畏的牙，喉咙中发出了一声低沉的呼噜，身体微微一动，仿佛随时准备发起攻击。面对此情此景，卡佳气得涨红了脸，愤然将手中的馅饼抛下，带着一丝不甘，又回到了自己的座位上。

卡佳坐在那儿，整个身体似乎都被一种强烈的激动所笼罩。她的一只小脚轻轻拍打着地毯，面颊上泛起了如火般的红晕，眼中甚至闪烁着因恼怒而起的泪花。就在这时,她的目光不经意间与我相接,仿佛所有的血液都在那一刻涌向了她的头部。她带着决绝的神情,猛地站起身来,步伐坚定而有力,直接向着那只令人生畏的斗牛犬走去。

或许这一次,法斯塔夫被卡佳的突然行动搞蒙了,它允许她越过了那条画好的界线,直到卡佳距离它仅有两步之遥时,它才用一种充满威胁的咆哮声回应着卡佳的冒进。这声咆哮让卡佳的脚步短暂地停顿了一下,但也只是停顿了一下,她随即再次坚定地向前走去。我在一旁看得目瞪口呆。公爵小姐此刻的怒火中烧是我前所未见的:她的眼中闪烁着胜利与自得的光芒,以她当时的神态可以画出一幅无比动人的肖像。她勇敢地面对着狂怒的斗牛犬那令人胆寒的目光,站在它那张开的血盆大口前,毫无惧色。法斯塔夫撑起了身子,从它那毛茸茸的胸腔中发出了令人毛骨悚然的咆哮,似乎再过片刻,它就要把她撕成碎片。但公爵小姐却以一种高贵的姿态,将她那纤细的小手轻轻放在了它的身上,带着一丝得意,在它的背上缓缓抚摩了三下。那一刻,斗牛犬陷入了短暂的迟疑,但这也是最为惊心动魄的瞬间;然而,它突然用力地挺直了身体,伸了一个懒腰,或许是认为与一个小女孩计较并不值得,它悄无声息地离开了房间。公爵小姐以一种胜利者的姿态,站在了她所征服的领地上,向我投来了一个深邃而复杂的眼神,那眼神中流露出一种满足,一种对胜利的沉醉。然而,我的脸色却因恐惧而变得苍白如纸,她注意到了这一点,轻轻地笑了笑。但她的脸颊上,也已经笼罩了一层死亡般的苍白。她勉强支撑着走向沙发,几乎像是要失去意识一般,软软地倒在了上面。

然而，我对她的迷恋程度已经无法用言语来形容了。自从我为了她而忍受了那样的恐惧，我便失去了自我控制的能力。我在渴望中苦苦挣扎，无数次想要冲上前去，紧紧抱住她的脖颈，但恐惧将我牢牢钉在原地，动弹不得。我曾试图逃离她的视线，以免她察觉到我的激动，但每当她无意中走进我藏身的房间，我便不由自主地颤抖起来，心脏怦怦直跳，几乎到了眩晕的边缘。我隐约感觉到这个调皮的姑娘已经注意到了我的这种状态，前两天她自己也觉得有些尴尬，但很快她便适应了这一局面。就这样，整整一个月悄然流逝，而我则在沉默中默默忍受着。

我的感情似乎具有一种难以名状的延展性，如果非要描述的话，只能这样表达：我会忍耐到极限，然后在极端的情形下爆发，一切情感会突然宣泄而出。必须指出，在这段时间里，我与卡佳的对话不超过五个字，但我逐渐从一些微妙的迹象中察觉到，她内心所经历的这一切并非出于对我的遗忘或漠视，而是出于某种刻意的回避，仿佛她在向自己保证要将我限制在一定的界限之内。但我晚上已无法再安睡，白天也无法在莱奥塔尔夫人面前掩饰我的不安。我对卡佳的爱恋甚至达到了一种奇异的地步。有一次，我偷偷地取走了她的一块手帕，还有一次是一条她用来编发的丝带，我整夜都在亲吻这些物品，泪流满面。一开始，我被卡佳的冷漠折磨得委屈又气愤，但现在我内心的一切已经变得模糊不清，我无法为自己的感受找到答案。就这样，新的印象慢慢取代了旧的，那些关于我悲伤过往的回忆失去了它们病态的力量，我内心中一种全新的生活取代了它们。

我记得，当时我时常从睡梦中醒来，轻手轻脚地下床，踮着脚尖走到公爵小姐的床边。借着我们那盏夜灯微弱的光线，凝视着熟睡中的卡佳，一看就是好几个小时；有时，我会坐在她的床沿，身体前倾，贴近她的脸庞，感受着她呼吸的温暖轻拂，任凭自己在隐秘的恐惧中颤抖。我偷偷地亲吻她的小手、肩膀、秀发，以及偶尔从被褥下伸出的小巧的脚丫。随着时间的流逝，因为我的目光已经整整一个月未曾从她身上移开，我渐渐察觉到卡佳变得越来越安静，她的性格失去了往日斗争之中的均衡：有时，你一整天都听不到她的喧闹，而有时她又会突然爆发出前所未有的喧哗。她变得暴躁、苛刻、容易脸红，且频繁动怒，与我相处时甚至采取了一些小题大做的残酷行为：时而突然拒绝与我同席用餐，不愿在我身旁就座，仿佛对我感到厌恶；时而突然去找她的母亲，整日陪伴在她身边，或许她知道，没有了她的陪伴，我就忧愁得日渐消瘦；时而目不转睛地盯着我，一看就是几个小时，让我不知所措，无法逃避这令人难堪的局面，我的脸颊时而泛红，时而苍白，却不敢离开房间。卡佳已经抱怨了两次她的寒热病，但我记得她之前从未生过病。终于，在一个清晨，出现了一个特别的安排：根据公爵小姐的强烈愿望，她搬到了楼下，与她的母亲同住。当卡佳抱怨发热时，公爵夫人几乎被吓坏了。必须说明的是，公爵夫人对我颇有微词，她注意到了卡佳身上所有的变化，并将这些变化归咎于我，正如她所说，我阴郁的性格对她女儿的性格产生了影响。她早就有意将我们分开，但一直拖延时间，因为她知道，如果这样做，她将不得不面对与公爵的严重争执。公爵虽然在大多数事情上都会让着她，但有时也会表现出坚定不移、不可动摇的固执。公爵夫人对公爵的性情可是了如指掌。

我对公爵小姐的搬迁感到极度震惊，整个星期都在一种痛苦的紧张状态中煎熬。我被深深的苦闷所折磨，费尽心思地思索着卡佳为何会厌恶我。悲伤如同利刃，将我的心撕成了碎片，而在我感到屈辱的心中，正义与愤慨悄然升腾。一种前所未有的骄傲在我内心觉醒，当别人带领我们外出散步，或者我与卡佳同处一室时，我以一种前所未有的独立、严肃、与过去截然不同之态度凝视着她，这也令她感到极为震惊。然而，这样的变化在我身上不过是昙花一现，不久之后，我的心便重新陷入了痛苦的深渊，我变得比以往任何时候都要软弱和怯懦。

终于，在某个清晨，我感到了前所未有的困惑和难以言说的欣喜，因为公爵小姐回到了楼上。她一开始是带着疯狂的喜悦扑向莱奥塔尔夫人，紧紧搂住她的脖子，宣布她又回到了我们中间，然后她向我点了点头。在得到允许不必学习整个上午之后，她便尽情地嬉闹、奔跑，我从未见过她如此活泼和快乐。但到了傍晚，她突然安静下来，陷入了沉思，一抹悲伤再次笼罩了她那可爱的脸庞。

当公爵夫人晚上来看她时，我注意到卡佳不自然地尽力表现出快乐的样子。但一旦母亲离开，只留下她独自一人时，她突然开始默默地流泪。我感到极度震惊。公爵小姐察觉到我在注意她，便悄然离开了。总而言之，一场不可预知的危机正在她的内心深处酝酿。公爵夫人咨询了医生，每天都召见莱奥塔尔夫人，详细询问有关卡佳的一切细微情况，并指示她密切观察卡佳的一举一动。在所有人中，只有我隐约预感到了即将到来的真相，一种强烈的期待在有力地敲打着我的心房。

总而言之，一段微妙的情感渐渐走向了它的终章。在卡佳重返我们身边的第三天，我察觉到她整个上午都用一种异样而深邃的目光凝视着我，那目光悠长而含蓄……几次目光交会时，我们都会不约而同地脸红，然后羞涩地低下头，似乎彼此间都能感受到一种难以言说的羞愧。最终，公爵小姐露出了一个含蓄的微笑，轻盈地从我的身边走开。

时钟的钟摆敲响了三点的钟声，仆人们开始为我们准备外出散步的衣着。突然间，卡佳朝我走来。

"你鞋带松了，"她对我说，"我给你系上吧。"

我正要弯腰，却突然因为卡佳终于和我说话了而紧张，脸红得就像是一颗樱桃。

"我来吧！"她不耐烦地笑着对我说。一边说着，一边就弯下了腰。她忽地一下抓住了我的脚，放在了自己的膝盖上，替我系紧了鞋带。我上气不接下气，因为完全不知道该如何是好。甜蜜的恐惧。她系好了我的鞋带，站起了身子，从头到脚打量着我。

"瞧，脖子都露出来了，"她用手指头触了触我脖颈上裸露的皮肤，"来，我帮你系上。"

我没有抗拒。她解开了我的围巾，按照她的方式给我系上。

"不这么干会咳嗽的。"她向着我闪了闪那一双润泽的黑眼睛，调皮地笑着说。

我陷入了一种无法自控的状态，我自己也不明白究竟发生了什么，卡佳又怎么会变得如此。然而，感谢上苍，我们的散步很快便结束了，否则我真担心自己会情不自禁地在大街上亲吻她。当我们踏上楼梯时，我趁机偷偷地在她肩上印下一吻。她显然察觉到了，身体微微一颤，却什么话也没有说。到了傍晚，她被打扮得花枝招展并带到了楼下，因为公爵夫人那里有客人到访。但是，那天晚上，房子里却发生了一场令人震惊的骚动。

卡佳突然间出现了一种神经性的发作，公爵夫人被吓得几乎失去了理智。被紧急叫来的医生却也说不出个所以然。当然，大家都将此归咎于儿童常见的疾病，认为这不过是卡佳年纪尚小的缘故，但我心中却有不同的看法。到了第二天早晨，卡佳像往常一样出现在我们面前，面色红润，神情愉快，看起来无比健康，然而她心中却酝酿着前所未有的顽皮和乖戾。

首先，她整个上午都对莱奥塔尔夫人的话置若罔闻。接着，她突然提出想去拜访公爵的姑妈。与往常不同，老太太原本并不怎么喜欢自己的侄孙女，经常与她发生争执，也不愿意见到她，但这次却不知何故竟同意了接待她。起初，一切似乎都很顺利，她们相处得颇为融洽。狡猾的卡佳突然想要为自己所有的顽皮行为——包括嬉闹、叫喊，以及她不让老公爵小姐得到安宁的行为——请求宽恕。老太太含着热泪，郑重其事地原谅了她。但这个小顽皮突然想要走得更远。她心生一计，想要讲述一些还只存在于最疯狂的图谋和计划中的恶作剧。

卡佳装出一副恭顺、恪守斋戒和全然忏悔的样子，总而言之，她的伪善让她的自尊心得到了极大的满足，因为小卡佳即将战胜老卡佳。别忘了，公爵的姑妈可是整个家族的宝贝，全家人的偶像。她甚至有手段迫使小卡佳的母亲实现她的什么怪诞愿望。

这个小淘气先开始坦白，说什么，一开始的时候，她曾打算在老公爵小姐的衣服上粘一张名片；说什么，想要把法斯塔夫藏在她的床下；又说什么，想要掰断她的眼镜，把她的书籍全部拿走，换上从妈妈那里拿来的法国小说；还说什么，想要在地板上撒一些响炮，在她的衣袋里藏一副纸牌，凡此种种。总而言之，这些恶作剧一个比一个恶劣。老太太听后大为震怒，气得脸色苍白。卡佳终于忍不住了，哈哈大笑着从姑奶奶身边跑开。老太太立刻派人去叫公爵夫人。整个事端就此开始，公爵夫人眼含泪水，用了整整两个小时，乞求这位亲戚原谅卡佳，说什么考虑到她的病情，就不要施加惩罚之类的。老公爵小姐一开始坚决不听，她声称第二天就离开这个家。后来公爵夫人向她保证，一定在女儿康复后狠狠惩罚，这才稍微平息了老公爵小姐的愤怒。当然，小卡佳还是被带到了楼下公爵夫人的房间，受到了严厉的训斥。

然而，这个顽皮的小东西在午后的餐桌上还是找到了逃跑的机会。当我蹑手蹑脚地下楼时，正巧在楼梯上与她不期而遇。她轻轻推开了一扇门，呼唤着法斯塔夫。在那一瞬间，我立刻意识到她正在密谋一场可怕的报复。事情的经过是这样的——

老公爵小姐与法斯塔夫之间的敌意已到了不可调和的地步。法斯塔夫从不与任何人亲昵，也从不向任何人示好，它傲慢、自负、野心勃勃至极。它不喜欢任何人，却要求所有人都给予它应有的尊重，而众人对它的态度也确实在敬畏中掺杂着适当的恐惧。但是，随着老公爵小姐的到来，一切突然发生了变化：法斯塔夫感到了前所未有的羞辱——它被明令禁止进入楼上的房间。

起初，法斯塔夫因为受到侮辱而愤怒不已，它抓挠楼梯尽头的那扇分隔了楼上楼下的门，抓了整整一个星期。但不久它就猜到了自己被驱逐的原因。在老公爵小姐第一次外出去教堂做礼拜的那个星期日，法斯塔夫便向着她狂吼不已，尖叫着冲杀上去。人们费了好大劲才将她从这只愤怒的公狗的残忍报复中解救出来，它明白了，自己之所以被赶走，完全是因为老公爵小姐的命令，她声称自己就是见不得它。

从那时起，法斯塔夫便被以最严格的方式禁止上楼，每当老公爵小姐下楼，它就被赶到最远的房间里。仆人们肩负着最严格的责任，生怕法斯塔夫越雷池半步。但这只怀有复仇心的野兽还是找到了机会闯入楼上，而且是三次机会。它一旦冲上楼梯，就会直奔老太太的卧室。似乎没有什么能够阻挡它前进的脚步。幸运的是，老太太的房门总是紧闭的，法斯塔夫也只能在门前发出令人胆寒的嗥叫，直到有人赶来将它驱赶下去。而老公爵小姐，每逢这只不屈不挠的斗牛犬造访，都会发出极度恐慌的尖叫，仿佛她已经被撕成了碎片，而且她每次都能被法斯塔夫吓得不轻，吓得生病。她几次向公爵夫人下达了哀的美敦书①,甚至有一次在情绪失控之下,她宣称,这个家,狗和她只能留一个。但公爵夫人坚决不同意与法斯塔夫分离。

能博得公爵夫人青睐之人少之又少。可以说,除了她的亲生孩子们,这世间她最为依恋的就是法斯塔夫。这一切的缘由,要追溯到大约六年前的某一天。公爵在散步归来时,随身带回了一只小狗。它肮脏、病弱,看起来十分凄凉,然而,它却拥有着最纯正的斗牛犬血统。公爵挽救了它的生命。但是,由于这位新来的小居民不懂礼仪,行为粗鲁,最终在公爵夫人的坚持下,它被安置在后院,拴上了绳索。对此,公爵并未提出异议。

两年后,全家人去乡下别墅度假的时候,发生了一件意外的事。卡佳的弟弟萨沙,不慎掉入了涅瓦河中。公爵夫人发出了一声惊叫,她的第一个反应便是纵身跳入河中,试图救起自己的儿子。要不是人们费了九牛二虎之力,连她也必死无疑。那个时候,萨沙已经被激流卷走了,只剩下他的衣物在水面上漂浮。众人虽然急忙解开了小船的缆绳,但除非有奇迹发生,孩子几乎没有生还的可能了。就在这时,那只体形庞大、英勇无畏的斗牛犬,像一支离弦的箭一般,冲入了水中,它截住了溺水的男孩,用牙齿紧紧地咬住他,然后带着他,以一种胜利者的姿态,游向了岸边。

公爵夫人冲上前去,亲吻着这只浑身湿透、沾满泥土的狗。但是,法斯塔夫(那时它还叫着一个平淡无奇、充满平民色彩的名

---

① 拉丁文 ultimatum 的音译。即"最后通牒"。

字——弗里克萨）却无法忍受任何人的爱抚，它竟然用尽了全身的力气，在公爵夫人的肩头咬了一口，作为对她拥抱和亲吻的回应。公爵夫人一生都为这个伤痕所困扰，但她对这只狗的感激之情却是无止境的。法斯塔夫被带到了室内，被清洗干净，并获得了一个制作精美的银质项圈。它在公爵夫人书房中的一张华丽的熊皮上安了家，从此，公爵夫人便可以随意抚摩它，而不必担心会立即遭到反击。

当得知自己的宠物原来叫弗里克萨时，公爵夫人感到非常震惊，她立即开始寻找一个新的名字，一个尽可能古老而高贵的名字。但是，像"列克托""塞尔伯尔"之流又显得太过平庸，她需要的是一个完全配得上家中宠儿的名字。最终，公爵考虑到弗里克萨异常的贪食习性，建议将这只斗牛犬命名为法斯塔夫。这个名字被公爵夫人欣然接受，并从此成为这只斗牛犬的正式名字。

法斯塔夫的表现非常出色：活脱脱一个地道英国人，沉默寡言，带着一种忧郁的气质，不会无缘无故地向人发起攻击，而只是要求所有人都必须恭恭敬敬地绕开它那块熊皮上的领地。有时，它似乎会突然陷入一种痉挛状态，被一股怒气所控制，在这种时刻，法斯塔夫满怀悲伤地回想起，它的敌人，那个侵犯了它权利还无法和解的敌人，竟还没有受到应有的惩罚。于是，它便悄悄地溜到通往楼上的楼梯旁，然后发现，按照常规，那扇门总是被锁上的。它便在不远处卧下，躲进一个角落，阴险地等待着有人一时疏忽，忘记锁上上面的门。有时，这只记仇的野兽会这样一等就是三天。但是，由于看门人的严格值守，法斯塔夫已经有两个月没有在楼上出现过了。

"法斯塔夫！法斯塔夫！"卡佳一边招呼着，一边打开了门，亲热地引诱法斯塔夫上楼来到我们这里。

法斯塔夫几乎是瞬间就感应到"门开了"，它早已做好准备跨越自己的卢比孔河①。然而，公爵小姐的呼唤对它来说是如此不可思议，它一度不愿相信自己的耳朵。它狡猾如同一只猫，为了避免显露出自己已经注意到了开门人的疏忽，它踱步至窗前，将那强壮有力的爪子搭在窗台上，凝视着对面的建筑——它表现得宛如一位偶然路过的旁观者，只是被邻近房舍的建筑之美所吸引，只是想略微停下脚步稍作欣赏。与此同时，它的心脏在甜蜜的期待中怦然跳动。那扇大门现在完全向它敞开了，它所感受到的惊讶、喜悦、狂喜是难以言喻的，更遑论还有人在召唤它、邀请它、恳求它上去，怎么能不满足自己那正义的复仇欲望？它兴奋地尖叫一声，露出了牙齿，形态骇人，如离弦之箭般冲了上去，无人能挡。

法斯塔夫如同一颗出膛的炮弹，直冲目标。它冲势猛烈。当时有一把椅子横在它的必经之路上，那可怜的椅子被它一头撞飞，足有一沙绳②远，在地上翻了好几个跟头才停下。莱奥塔尔夫人惊恐地尖叫起来，但法斯塔夫已经如疾风般奔到了那扇不可侵犯的房门前，用两只爪子猛烈地撞击，却未能破门而入，于是它发出了一声声凄厉的

---

① 在西方，"渡过卢比孔河"是一句很流行的谚语，意为"破釜沉舟"。这个习语源自公元前 49 年，恺撒破除将领不得带兵渡过卢比孔河的禁忌，带兵进军罗马与格奈乌斯·庞培展开内战并最终获胜的典故。
② 1 沙绳等于 7 英尺，约等于 2.1 米。

嚎叫。老处女也以同样尖厉的叫喊回应它，只是她的叫喊中充满了恐惧。说时迟，那时快，敌人的军团从四面八方涌来了，整个家的人都赶到了楼上，于是法斯塔夫，那凶猛的法斯塔夫，嘴巴被套上了罩子，四条腿也被拴住了，它毫无反抗之力便败下阵来，戴着套索被拖到了楼下。

一名特使被派去见公爵夫人。

这一次，公爵夫人无意宽恕或赦免，但在这场混乱中，应该惩罚谁呢？她的目光在一瞬间就锁定了目标，落在了卡佳身上……真相大白：卡佳脸色苍白地站在那里，身体因恐惧而颤抖。这个可怜的小家伙现在才意识到自己这场恶作剧的严重后果。她不愿任何一个无辜的仆人因此受到牵连，显然已经准备招供了……

"是你干的吧？"公爵夫人厉声问道。

我眼见卡佳面如死灰，只得走上前去，用最坚定的声音说：

"是我干的。是我把法斯塔夫放上去的，可……我不是故意的。"我说最后一句话的时候，连最后一点勇气都在公爵夫人可怕的注视下消失了。

"莱奥塔尔夫人，您看着罚吧！"说完，公爵夫人就离开了房间。

我望了一眼卡佳，她还是直愣愣站在那里，双臂垂在身体两侧，苍白的小脸对着地面。

对于公爵家的孩子们来说，唯一可能遭受的惩罚就是在小房子里被关禁闭。诚然，在一个不大的房间里一个人待着确实也没多难受，但，对于一个孩子来说，如果他是被强行关进去的，关进去之前还被明明白白通知自由被剥夺了，那就变成了一种不轻的惩罚了。卡佳或者她弟弟犯错的时候，一般会被关上两个小时左右的禁闭。而那次，因考虑到我犯错之严重，他们判处了我四个小时禁闭。我怀着难以抑制的激动心情，走进了为我准备的囚笼，脑子里全是公爵小姐。我知道，我已赢得了这场胜利。

可我的服刑时间根本不是什么四个小时，而是一直到第二天的凌晨四点。接下来，我要给大家讲述一下这事儿到底是怎么样的。

在我被关了两个小时的禁闭之后，莱奥塔尔夫人得知自己刚从莫斯科到圣彼得堡没多久的女儿生了病，十分想要见到她，所以她走了，顺便也把我忘了。专门负责照顾我们的女仆可能觉得我已经重获自由了。而当时卡佳也被叫到楼下去了，被一直钉在妈妈身边直到晚上十一点。她回来的时候看到我竟然还没上床，很是惊讶。在女仆给她脱衣服、整铺盖的当口，她也没开口问。毕竟，她也没有什么问起的由头。她只是躺在床上，等着我。在这之前她就已经知道了人们给我的判决，四个小时禁闭。她觉得可能是我们的保姆把我带到什么地方去了吧。可事实却是，我完全被忘记了。更何况，我从来不让仆人们帮我脱衣服。就这样，半个晚上过去了。

夜里四点钟的时候，一阵急促的敲门声从房门上传来。当时我好不容易在地板上找了个舒服的姿势睡着了。众人焦急的声音吓得我大喊大叫。但没多久，我就从一阵杂乱中听到了卡佳的声音。她的声音实在是太突出了，比所有人的都要更响。接着，我分辨出莱奥塔尔夫人的、受了惊的娜斯佳的和女管家的声音。总之，吵吵闹闹的人们七手八脚地打开了门。哭得和泪人似的莱奥塔尔夫人一把冲进来抱着我，请求我千千万万要原谅她的过失。我搂住莱奥塔尔夫人的脖颈。人们一开始的慌乱多多少少吓到了我，当时我还是有点发抖。因为在光秃秃的地板上躺了半个晚上，我也全身生疼。即便那样，我还是泪眼婆娑地寻找着卡佳。但那个时候卡佳已经跑回我们的卧室，上床了。等我进去的时候，她已经睡着了或者假装睡着了。从母亲那里回来，她就一直等着我，后来睡着了。但差不多凌晨四点的时候，她醒来了，发现我的床铺竟然还是空荡荡的。于是，她开始大吵大闹。当时，莱奥塔尔夫人从女儿那儿回来没多久，她被吵醒了。再之后，我们的保姆、所有的女仆都被吵醒了，人们这才把我放了出来。

　　第二天早上，我昨晚的遭遇全家人都知道了。甚至就连公爵夫人都说，我受的惩罚实在是太严厉了。至于公爵本人，我生平首次目睹他那般怒火中烧：差不多十点的时候，他上楼了，气势汹汹。

　　"容我说一句，"他转向莱奥塔尔夫人，"您在做什么？您就是这么对这个可怜的孩子的？野蛮，太野蛮了，和斯基泰人一样野蛮。她是病人，她没好利索呢，她可是个乐意幻想还虚弱的小姑娘啊，啊？您就让她一个人在小黑屋里蹲了一个晚上？您这不是存心毁人呢嘛！您不知道这孩子之前都经历了什么？这叫野蛮！这叫不人道！还有夫人，怎么能用这样的惩罚呢？谁发明的？是谁这么有胆子发明的？"

　　莱奥塔尔夫人眼含泪水，可怜极了。她惶恐不安地向公爵一五一十解释着事件的来龙去脉，她承认自己把我忘了，也说了她女儿来了，病了；她还强调说，如果没有把我关那么久，这个惩罚本身是没有问题的，甚至就连让－雅克·卢梭也有过类似说法。

"卢梭？！夫人，卢梭可说不出这种话来！再者说了，他卢梭凭什么在这个问题上指手画脚。他卢梭就没有资格谈教育，一个连自己的孩子都能抛弃的人。夫人，卢梭不是个好东西，夫人！"

"卢梭？！让－雅克·卢梭不是个好东西？！公爵，公爵大人，您在说什么啊？！"

莱奥塔尔夫人霎时间激动起来。

她是个了不起的女人，受不得委屈。倘若触及她心爱的那些人，比如说，在她面前，嘲弄高乃依和拉辛的古典主义亡魂，侮辱伏尔泰，又或者说让－雅克·卢梭不是好东西，是个野蛮的王八蛋……天哪！莱奥塔尔夫人眼中饱含着热泪，已经是老妇人的她激动得颤抖不已。

"公爵，您话说得太过了！"她激动到难以自控，如是说道。

公爵立刻意识到了自己的失态，向她道了歉。然后走了过来，带着深深的温情吻了吻我，对我画了个十字，离开了房间。

"Pauvre prince!①"莱奥塔尔夫人明显是心有触动，如此慨叹一声后，来到了我们的课桌前，坐了下来。

不过上课的时候，卡佳心不在焉。一直到吃午饭的时候，她才来到了我的身边，笑着，小脸儿烧得红扑扑的，抓住我的肩膀，语速飞

---

① 可怜的亲王啊！（法语）

快又羞愧地说：

"嗯？昨天是为了我故意挨罚的吧？午饭后咱们去大厅里玩会儿？"

有人从我们身边经过，卡佳立刻背过脸去。

午饭结束了，天色渐暗，我们俩手拉手来到了大厅里。她情绪激动，呼吸急促。我则感觉到无比的快乐和幸福，前所未有的快乐和幸福。

"想玩球吗？"她对我说，"你站这儿！"

她让我待在大厅的一个角落，可是并没有把球扔给我，而是停在了离我三步远的地方，先是来回打量着我，然后脸一红，就势倒在了沙发上，双手紧紧捂着脸。我朝着她走过去，可她觉得我要走了。

"别，涅朵奇卡！别走！陪陪我！"她说，"一会儿就好！"

说罢几乎是瞬间，她就跳了起来，满脸通红，涕泪横流，扑过来紧紧抱住了我的脖子。我感觉到她面庞的泪水，感觉到她像樱桃一样肿起来的嘴唇，散乱似毛毡的鬈发。我感觉到了她疯狂的吻。她亲吻着我的脸庞、我的眼睛、我的嘴唇、我的手臂。她抽泣着，歇斯底里。我则贴着她，紧紧地贴住。我们甜蜜而快乐地拥抱在一起，就像是久别的朋友，又像是恋人。卡佳的心跳得十分剧烈，每一次跳动我都能听得真真切切。

就在这个时候，一阵呼唤从隔壁房间传来，有人叫卡佳去公爵夫人那里。

"啊，涅朵奇卡，先这样。今晚见，今夜见！现在你先上去等我！"

她轻轻地抱紧了我。她的吻是那样安静而深沉，充满了无尽的情感，一直到娜斯佳的召唤越来越焦急，她才匆匆离我而去。我就像重获新生一般，独自一人跑上了楼，迅猛地扑倒在沙发上，把头深深地埋入软枕之中，无法抑制地哭了起来，泪水中满是激动与释放。我的心跳得厉害，仿佛下一秒就要蹦出我的胸膛。我已经记不清那一夜等待的时间是如何缓缓逝去的，总之时钟敲响，十一点到了，我才躺下，试图寻找睡眠的慰藉。午夜十二点的钟声敲响之际，公爵小姐才回来。隔着我好远的时候，她就朝我投来微笑，虽然她一言未发，可那笑容中却似乎包含了千万言语。娜斯佳开始帮她换睡衣了，但卡佳觉得，娜斯佳是在故意拖延时间。

"快点儿！快点儿！娜斯佳！"她嘟囔着。

"公爵小姐，您怎么了？您是不是从楼下跑上来的？心怎么跳得这么厉害？"娜斯佳问着。

"哎呀，娜斯佳！您怎么这么多事啊！快点！快点！"公爵小姐生气地跺着地板。

"哎呀，多好的小心肝啊！"娜斯佳一边说着，一边脱下公爵小姐的鞋子，亲吻了她的脚丫。

一切终于准备就绪了。公爵小姐躺在了床上，伺候她的仆人离开了房间，关上了门。眨眼之间，她就从自己的床上飞到了我的床上。我轻轻叫了一声，迎住了她。

"走！上我床上去！咱俩一块儿睡！"她一边说着，一边把我从床上拉起来。也几乎是眨眼之间，我们就在她的床上紧紧地缠在一起。

突然，她脸红得就像罂粟花一样："我可记得你是怎么在半夜的时候亲我的！"

我啜泣起来。

"涅朵奇卡！"眼泪就在她眼眶里打转，"你就是我的天使！我爱你！你知道从什么时候开始的吗？"

"什么时候？"

"就是在我爸爸让我请求你的原谅，而你也在守护着你爸爸的时候。涅朵奇卡……"她在我身上洒满了吻，故意拉长声音说道，"我的！小——孤——儿！"

她总是又哭又笑。

"啊，卡佳……"

"嗯？怎么啦，怎么啦？"

"为什么我们那么长时间，那么长时间都……"我说不下去了。

我们拥抱在了一起，沉默了足足三分钟。

"听着，你说，你平时会想起我吗？"公爵小姐问。

"啊，我总是想起你，卡佳，你无时无刻不在我脑子里。"

"梦里你还叫我呢，我都听到了。"

"真的吗？"

"你还哭过很多次呢！"

"你瞧！那你为什么以前那么骄傲？"

"因为我是个傻子，涅朵奇卡。我人就是这样，那事儿也就只能这样了。我总是对你那么凶。"

"为什么呀？"

"可能是我自己不好吧。首先是因为你比我好，其次是因为爸爸更爱你。不过，爸爸到底是个好人，对吧，涅朵奇卡？"

"是的。"我想到了公爵，眼含着泪。

卡佳突然认真起来。"他是个好人，可是我又该怎么对他呢？他总是那样……嗯……然后我就开始请求你的原谅，我差点哭了，然后就因为这个又生你气了。"

"我看见了，看见你都要哭了。"

"哎呀，你快闭嘴啦！你这个傻瓜，你个爱哭鬼。"卡佳一边冲我嚷嚷着，一边用手捂住了我的嘴，"你听着，我真的很想爱你，可突然我又想恨你，我好恨你，好讨厌你……"

"为什么啊？"

"我当时就是想生你的气喽，谁知道为什么呢？然后我看出来了，没有了我，你就活不下去了。我就想，那我就这么折磨她，折磨这个让我烦的小姑娘就好了。"

"啊，卡佳。"

"我的宝贝儿啊！"卡佳一边吻着我的手，一边对我说，"然后，我就不想和你说话了，怎么都不想。你还记得我去摸法斯塔夫的事儿吗？"

"你啊，真的是什么都不怕！"

"可是，我真的……"公爵小姐拉长了声音，"吓——坏——了。你知道，我为什么非要靠近那条狗吗？"

"为什么?"

"因为你在看着呀。当时我看见了你正在看着我……我就不管不顾地走过去了。我是不是吓到你了?当时你是不是可担心了?"

"担心极了!"

"我看出来了!好在法斯塔夫走开了!谢天谢地,它走开了。它走了我才开始怕的。那么大的一头……怪——物。"

卡佳神经兮兮地笑了几声,然后忽然抬起她发着烧的小脑袋,目不转睛地盯着我,小小的泪滴就像珍珠一样,在她长长的睫毛上颤动着。

"你这个人到底有什么魔力,能让我这么爱你呢?你看看你,脸色白白的,头发黄黄的,脑子傻傻的。你还是个爱哭鬼,眼睛蓝蓝的爱哭鬼,我的小孤儿!"

卡佳俯下了身,一下又一下地吻着我,有几滴她的泪水甚至都滑到了我的脸颊上。她动情了。

"我那个时候好爱你啊,但是就不想告诉你!我也不知道我在固执些什么。我在害怕些什么。我不知道究竟在对你害羞些什么。看哪,我们两个现在多好啊!"

"卡佳!我真的好幸福啊,我现在……"我抑制不住自己的激动了,"心都要碎了!我好开心啊!"

"是啊,涅朵奇卡!不对!涅朵奇卡,涅朵奇卡,听着,这个名字是谁起的啊?"

"妈妈。"

"你能告诉我你妈妈的故事吗?"

"能!都能!"我兴奋地回答。

"你把我那两块手帕,就是带花边的那两块手帕弄哪儿去了?还有,你为什么要把我的丝带偷走?嗜,你这个人,真是不害臊呢。这些事儿我可都知道了。"

我笑了,脸红得都快掉眼泪了。

"我当时想的就是,不行,我就是要狠狠地折磨她,让她等着我。可有的时候我又会想,也许我根本就不爱她,我只是受不了她了。可是你啊,你怎么那么温顺,就像小绵羊似的?我可怕你觉得我是个蠢蛋了。涅朵奇卡,你很聪明,你非常聪明,对不对?"

我差点生气了:"你在说什么啊,卡佳!"

"不是,你就是聪明!"卡佳斩钉截铁地说,"这点我知道。只是有一天早上起床的时候,我就突然爱上你了,爱得可深了!太吓人了,我连晚上做梦的时候想的都是你!我心想,那不如去找妈妈了,住在妈妈那里!我可不想爱她!一点都不想!可我第二天睡着的时候,脑子里想的全都是如果她来了就好了,就像昨天晚上那样。可是你真的来了!唉,我太会装睡了……涅朵奇卡,你说,咱们俩是不是太不害臊了?"

"那你为什么就不愿意爱我呢?"

"嗯……我在胡说什么呢?!涅朵奇卡,我一直爱着你,一直爱着你。只是我后来受不了了。我想着,也许有一天我会亲吻她,也许有一天又会想掐死她、咬死她。你这个傻瓜!"

她一边说着，一边掐了我一下。

"你还记得我给你系鞋带的事情吗？"

"记得。"

"'记得……'那你感觉怎么样？我当时看着你，脑袋里想着，多么可爱的小东西啊，我给她系了鞋带，她又会怎么想呢？然后我就感觉，我真是个好人。其实，我真的很想吻吻你……但是我没有！嘿嘿！我当时觉得可有意思了。太好玩儿了，太可乐了。然后，我就特别高兴，你真的为我去'地牢'了！"

"地牢"就是关禁闭用的那个小黑屋。

"可你害怕了吗？"

"特别害怕！"

"我高兴的不是你把错都背在自己身上了，而是，你为了我去蹲地牢了。我当时就想，弄不好现在她正在哭呢。我真的好爱她啊！明天我一定要好好亲她，狠狠亲她。但是我一点都不可怜你，虽然说我也哭了，但一点都不可怜你。"

"我没哭，我还因此高兴呢！"

"什么？没哭？哦，你可真坏啊！"公爵小姐说罢，亲吻我。

"卡佳！卡佳！天哪，你好美啊！"

"还有吗？"

"有！吻我！再吻一次！"

我们亲吻、哭泣、放声大笑，嘴唇都肿了。

"涅朵奇卡！首先，以后你每天晚上都要来我这里睡觉！我不想让你再那么惆怅下去了。涅朵奇卡，你怎么老是闷闷不乐的呀？你和我说说啊！"

"我都会跟你说！不过，我现在一点都不惆怅，我开心极了！"

"说真的，用不了多久，你也会有像我一样红扑扑的脸颊的！哎呀！好想让明天快点来！涅朵奇卡，你困了吗？"

"还没！"

"好，咱们就说说话吧！"

我们沉浸在深夜的长谈中足有两个小时。上帝才知道我们未曾触及的话题还有哪些。首先，公爵小姐向我倾诉了她对未来的所有规划以及目前的处境。我由此得知，在她的心中，对父亲的爱超越了其他一切，几乎超越了对我的爱。接着，我们俩一致认为莱奥塔尔夫人是一位了不起的女性，她的严格根本算不了什么。然后，我们迫不及待地规划起明天、后天，乃至未来二十年的生活。卡佳构想了这样一幅生活图景：头一天由她发号施令，而我来完成所有的任务；第二天则颠倒过来——我发号施令，她毫不犹豫地遵从；接着，我们平等地相互下达指令，如果有谁故意不服从，我们就会假装争吵，然后尽快和解。总而言之，无尽的快乐在前方等待着我们。最后，当我们聊得筋疲力尽，我的眼皮也不由自主地合上了。卡佳取笑我贪睡，但自己却比我先进入了梦乡。第二天早晨，我们几乎同时醒来，匆忙地交换了一个吻，因为有人即将进来，我赶紧跳回了自己的床上。

整个白天，我们都沉浸在喜悦之中，不知所措。我们总是找地方躲藏，避开所有人的目光，最害怕被他人发现。最终，我开始向她讲述自己的经历。卡佳被我的故事深深打动，流下了感动的泪水。

"你这个家伙真坏啊！你为什么不早点把这些事情告诉我呢？那样的话，我就会爱你，特别特别爱你！街上那些小男孩儿打得你疼吗？"

"疼啊！我特别害怕他们！"

"唉……真可恨！你知道吗？涅朵奇卡，我有一次亲眼看到街上有个小男孩儿打另一个小男孩儿。明天我就把法斯塔夫的皮鞭带身上，要是我看到这么一个，我就抽他，狠狠抽他！"

她眼睛里闪烁着愤怒的光芒。

任何人进来我们都能被吓一跳。就这样，一天过去了，又一天过去了。我沉浸在狂喜中，幸福得喘不上气来。但是我们的幸福并没有持续太久。莱奥塔尔夫人必须上报公爵小姐的一举一动。她已经偷偷摸摸观察我们三天了，积累了许多要上报公爵夫人的事情。最后，她找到了公爵夫人，把自己观察到的一切都上报给了她。莱奥塔尔夫人说，我们两个处于一种莫名的狂热之中，已经如胶似漆地黏在一起三天了，每天不是在亲吻就是在哭泣和哈哈大笑，活脱脱像两个疯子，有说不完的话。她说，这一点是以前没有过的，现在她也不知道应该把这一切归咎于什么了。但是她觉得，眼前这一切对于公爵小姐来说可能并不是什么好事儿。最后她坦言，她觉得我们两个应该少见面了。

"你说的这个我早想过了，"公爵夫人接过话茬，"我早就知道！这个奇怪的孤儿肯定会给我们带来麻烦！我听过别人说起她的事儿——她以前的事儿，太吓人了，真的太吓人了。这个女孩子一定会给卡佳造成什么影响。您说,卡佳很爱她?"

"爱得无法自拔。"

公爵夫人的懊恼之情瞬间上了脸,憋得通红,她开始嫉妒了。

"这不正常,"她说,"以前她们两个谁也不理谁,说实话,我还挺高兴的。虽说这个孤儿看起来也不大,但我怎么可能保证,你懂我的意思吧,就是教育、习惯、原则什么的,万一已经定形了。我也不明白公爵看上她哪一点了,我说过不止一次了,给这个孩子扔到寄宿学校得了……"

莱奥塔尔夫人本还想替我稍作辩护,但眼下公爵夫人心意已决,就是想让我们分开。于是,她即刻差遣人去找卡佳,在楼下向她宣布,在下周日之前,我们二人不得见面。换句话说,就是一个星期不得见面。

当天晚上很晚的时候我才知道了这一切。我满脑子都是卡佳,我觉得她也没法承受我们的分离。痛苦和悲伤包围了我,我因此陷入到谵妄中,夜里就病倒了。第二天,公爵来到了我的身边,低声告诉我,让我别失去希望。他确实竭尽了全力,但也只是徒劳。公爵夫人没有改变主意,我自然也陷入到绝望之中,痛苦令我窒息。

第三天早上,娜斯佳给我带来了一张铅笔字条,是卡佳写的,字迹潦草,内容如下:

我非常非常爱你！现在我就坐在 maman① 的身边，满脑子都在想怎么才能跑到你身边。但是我一定会逃走的——我说到做到。所以别哭了！快给我写信，告诉我你有多爱我！我现在每天晚上做梦都是抱着你睡觉。太难受了！涅朵奇卡！我一定会给你带糖果过去，再见！

这封信让我心如刀绞，我读了一遍又一遍，任凭泪水模糊了字迹。卡佳的爱和痛苦如此真切，我无法忍受，她也无法忍受我们的分离。我立刻回信，倾诉我对她的思念和爱意，告诉她我有多么需要她。然后，我等待着，期待着下个星期天的到来，那是我们再次相见的日子。莱奥塔尔夫人安慰了我，可她越是安慰，我就越是痛苦。傍晚的时候，我听说她专程去了公爵那里一趟，她对公爵说，要是我再见不到卡佳，准会再病倒一次。她还对公爵说，后悔告诉夫人那些话了。我问娜斯佳，卡佳怎么样。娜斯佳回答说，卡佳倒是没哭，可脸色白得吓人。

第二天早上，娜斯佳低声对我说：

"您顺着右边的楼梯下去，去一趟公爵的书房吧！"

我全身突然就充满了活力。我喘着气，迫不及待地跑了下楼，打开了公爵书房的门。卡佳并不在房间里，突然，她从身后抱住了我，热烈地吻了上来。瞬间……笑声、泪水。她从我怀里挣脱出去，就像

---

① 法语，妈妈。

一只敏捷的松鼠一样爬到了父亲的肩膀上。但是她没稳住自己,又从父亲的肩膀上摔到了沙发上,顺便还带倒了公爵。他们二人都因此而流下了眼泪。

那一刻,我们的快乐是如此纯粹、如此强烈,仿佛整个世界都与我们同在。她父亲的笑声、她的欢悦,还有我的喜乐,这一切交织成一幅温馨的画面,让我们忘记了所有忧愁和分离带来的痛苦。我们的爱、我们的友谊再一次照亮了我们的整个生活。

"爸爸,你真是个大好人,爸爸!"

"你们两个小调皮鬼!你们到底是怎么啦?什么叫友谊?什么叫爱呀?"

"闭嘴,爸爸!你不懂我们的事儿!"

我们再次紧紧抱住彼此。

过了一会儿,我开始从上到下端详她。她脸上的红晕褪去了,取而代之的是苍白。此情此景,让我禁不住哭了起来。

没一会儿,娜斯佳来敲门了。这是一个信号,代表着已经有人想到了卡佳,也有人问起她去哪儿了。卡佳面如死灰。

"好了!孩子们!每天我们都会在这儿见上一面!再见啦,上帝会保佑你们的!"公爵如是说道。

他被我们的快乐感动了,看着我们。但是他的预感显然没有跟得上形势的变化。就在那天晚上,莫斯科那边传来了消息,小萨沙(卡佳的弟弟)突然病倒了,已经到了奄奄一息的地步。公爵夫人听闻,决定第二天就奔赴莫斯科。这一切发生得着实突然,我也是在临别的时候才知道的，正是在公爵本人的坚持下，在公爵夫人的勉强同意下，我们才有了这么一个互相道别的机会。当时卡佳心如刀绞一般，就像是丢了魂。她一看到我就冲我喊了起来，接着便倒在地上昏了过去。我急忙冲向她，亲吻她，试图唤醒她。她的妈妈也没闲着，想尽各种办法只为唤醒她。终于，她醒了过来，再次紧紧搂住了我。

"再见了，涅朵奇卡！"她对我说。然后，她突然笑了，脸上的表情难以言喻，"你别这样看着我了，我没事儿的，也没生病。一个月，等我一个月我就回来了！到时候，我们就再也不会分开了。"

"行了！"公爵夫人平静地说，"该走了！"

但是卡佳还是再次转身过来，紧紧地抱住了我，颤抖着。

"我的生命，"她低声对我匆匆说，"再见了！"

那是我们最后一次互相亲吻，卡佳消失了，消失了很久，很久，很久。再见到她已经是八年之后了。

我故意非常详细地叙述了这段发生在我童年时期的插曲，卡佳第一次出现在我的生活中。但是，我们的故事注定是分不开的。她的罗曼史就是我的罗曼史，这一切就好像是命中注定要发生一般，我们见面是注定的，她找到我也是注定的。时至今日，我也不能抗拒自己重温童年回忆时候的乐趣……现在，我将要把我的故事更快地展开。

总而言之，我的生活突然陷入到了某种沉寂之中，而我就像是重新苏醒过来一样，我十六岁那年……

但是，我现在还是再讲几句话，聊聊公爵一家动身前往莫斯科后的事情。

圣彼得堡，我和莱奥塔尔夫人留了下来。

差不多两个星期后，他们从莫斯科派来了一个信使，那人说，回到圣彼得堡的计划被无限期耽搁了。莱奥塔尔夫人因为家里的事情不能去莫斯科，她在公爵家的任职自然也结束了。但是，她还是被获准留在这个家庭里，只是去了公爵夫人的大女儿阿列克桑德拉·米哈伊洛芙娜那里。

至于这位阿列克桑德拉·米哈伊洛芙娜，我还没有谈过。此人我也就见过一次。她是公爵夫人同第一任丈夫的女儿。关于公爵夫人的出身和血统，有些模糊。她的第一任丈夫是个包税人。等她再婚的时候，她也不知道该怎么处理这个大女儿。她不指望自己能给大女儿找一个多么出色的女婿，自然也谈不上付出多么好的嫁妆。四年之前，他们还是想办法把大女儿许配给一个富有且地位显赫的人。自此，阿列克桑德拉·米哈伊洛芙娜进入到了一个完全不同的社交圈子里，看到了不一样的世界。公爵夫人每年会去看望她一到两次，而公爵，也就是她的继父，几乎每个星期都会带着卡佳去看望她。

但是最近，公爵夫人不太想让卡佳同这个胞姐见面。所以公爵只好偷偷带她去。原因无他，卡佳非常喜欢姐姐。只是说，此二人的性格形成了某种鲜明的对比。阿列克桑德拉·米哈伊洛芙娜时年二十二岁，是个安静、温柔、贤惠的女子，但是眉眼之间仿佛藏着某种深切的悲伤和隐匿的心痛，这些惆怅也影响到了她美丽的容颜，使得她的严肃与冷酷同那天使般的清新面容产生了某种奇妙的反差，就像是活泼的孩子去服丧。你只要看着她，心里就会产生一阵又一阵的同情。她面色苍白，人们也因此传说她有肺结核。她离群索居，不喜欢接待什么客人，也不喜欢社交，就像个修女。当然，她也没有孩子。我记得她来找莱奥塔尔夫人的时候，还专门靠近了我，深深地吻了我。当时她身边站着一个瘦削的中年男人，流着眼泪看着我。那个人就是小提琴家 B。阿列克桑德拉·米哈伊洛芙娜抱了抱我，问我是否愿意和她一起生活，成为她的女儿。我在第一次看到她的时候，就意识到，她就是卡佳的姐姐，心里满是无言的痛苦，难过到整个胸腔都在颤抖，就好像……有什么人在我耳边叨着："你这个孤儿……"

那时，阿列克桑德拉·米哈伊洛芙娜给我看了公爵的信，信中也有些话是写给我的。我含着泪把那些话读完了。他祝愿我幸福和长寿，还希望我能爱上他的另外一个女儿。信上还有一些话是卡佳写的，她说她现在不会离开母亲的。

就这样，就在那个晚上，我进入了另一个家庭，住进了另一个房子，和另一伙人生活在了一起，又一次撕裂了同我之前所热爱、熟悉一切的联系。我带着极度的痛苦和刻进骨髓的忧伤来到了这里。

现在，一个新的故事要开始了。

六

我的新生活非常惬意，非常安静，就像是生活在一群隐士中间……我同他们虽然生活了整整八年之久，但是除了偶尔的几次宴会或者是家庭聚会，我不记得有任何亲戚、朋友或者是熟人来访。除了偶尔来访的两三人（比如说音乐家 B、阿列克桑德拉·米哈伊洛芙娜丈夫的好友），剩下的几乎都是来办事的。阿列克桑德拉·米哈伊洛芙娜的丈夫一直忙着处理生意和公务，只有少之又少的空闲时间用来关照家庭和社交生活。他地位显赫，使得他不可避免地出现在各种名利场上。当时，坊间到处是他如何雄心勃勃的传言。但事实上，他这个人一贯有务实且严肃的名声，加之他确实地位非凡，幸运女神似乎总是青睐于他。所以，不管风言风语如何，他在绝大部分人心中的形象并没有发生什么改变，甚至更有提升。人们对于他的生命有一种深深的同情，相反，却从不会把这种态度施舍给他的妻子。阿列克桑德拉·米哈伊洛芙娜的生活可谓"孤独"的定义。但是她本人似乎乐于这样,就好像她天生宁静的性格,就是为了这种大隐隐于市的生活而生的。

她对我视如己出,全心全意地爱着我。而我,则带着因为同卡佳分别而留下的未干泪滴和痛苦回忆,贪婪地投入了新恩人的怀抱。也是从那时候起,我对她的爱就变成了从未中断过的狂热。对我来说,她是我的母亲、姐妹、朋友;她是那个填补了我生活中所有空白、激发了我的青春的人。更何况,我很快就能凭借预感和直觉发现,她的命运绝不似她看起来那般平静,不似她的生活那般无忧无虑,不似那不时出现在她脸上的宁静微笑那般美好,不似表面上那般自由。每天我都在成长,每天我都在发现我恩人命运中藏着的那些秘密。只是它们尽是些需要用心才能慢慢觉察到的、令人不安的东西。随着我对她的依恋越发加深,这种悲伤的意识也缓缓增多。

她天性怯懦、软弱。看着她宁静、明亮的面庞,没人能在第一次见面的时候就发现有些东西正在搅动着她那颗善良的心;没人能想象到,此人谁都不爱;没人能想象到,她的同情甚至压倒最纯粹的厌恶。而与此同时,她只是维持着寥寥几个朋友,过着与世隔绝的生活。

她生性热情而敏感,但似乎总是在害怕自己的感受,仿佛每时每刻都在警惕着,生怕自己的心灵失去了节制,陷入到幻想之中。甚至忽然间,我都能在她最阳光的时候注意到她眼角的泪水。似乎,就是那个时刻,有什么东西,比如说痛苦的回忆,正在她的心中翻腾着、

149

燃烧着、折磨着。又好像，有什么东西在监视着她的幸福，敌对地搅扰着。而她，似乎越是幸福，越是平静；而越是平静，悲伤就越近。忽然之间的忧郁和猝不及防的泪水不知道什么时候就会冲出来。因此，在那八年的时光里，我没有一个月是平静的。

她的丈夫看起来是爱她的，很爱。她看起来也崇拜自己的丈夫，很崇拜。但是，只需一眼就能发现，他们夫妻二人似乎藏着什么不能说出口的事情。她的命运中似乎也藏着什么秘密，至少我见到她的第一眼，就开始怀疑……

我对阿列克桑德拉·米哈伊洛芙娜的丈夫的第一印象，就是忧郁。似乎这种忧郁从童年时候就已经刻在他骨子里了，长大了也摆脱不了了。他又高又瘦，似乎有意识地用他绿色的大眼镜遮住自己的眼神。他沉默寡言，为人冷漠而枯燥。哪怕就是和自己的老婆面对面，他也找不到什么话题。显然，他也厌倦了人群。对我，他则毫不在意。可我，每当夜幕降临，我们三个人坐在起居室品茶的时候，他的存在总是让我不自在。

我会偷偷地看着阿列克桑德拉·米哈伊洛芙娜，不无同情地发现她在丈夫面前似乎是在颤抖，似乎每一个动作都很小心，丈夫的每一个表情都很重要。甚至，只是他说话时严肃了，抑或是表情上阴郁了，她的脸就会变得苍白；又或是，突然变红，就好像听懂了丈夫平白话语中的什么暗示。我感觉，他们两个在一起过得一定很难，但同时，又感觉她似乎根本离不开这个男人。她对他总是关注的，异常关注，对他的每一句话、每一个动作都极其在意，似乎是竭尽了全力，只为了取悦他，但又似乎从未得偿所愿。她似乎在恳求丈夫的认可：丈夫的每一个微笑，每一句温柔的话，都能让她感觉到幸福，就像是初恋时候的人特有的脆弱又无望的伤痛时刻。她就像照顾一个难缠的病人一样照顾着自己的丈夫。而她的丈夫，在离开书房的时候，也会轻轻地握一下阿列克桑德拉·米哈伊洛芙娜的手。在我眼里，每逢这个时候，她丈夫的脸上都写满了十分尴尬的同情。可只要一握手，她的脸就会大变样。不论是动作还是话语，一切都会朝着更愉快、更自由的方向狂奔一会儿。可不一会儿，他们见面结束的时候，这种狂奔也就结束了，在她心中，取而代之的是一种奇怪的尴尬。

她会立马回想起方才丈夫说的每一句话，就好像是在权衡这些话语。她总是向我询问，有没有听对了，彼得·亚历山德罗维奇有没有真的说过什么话。她是在分析这些话里可能潜藏的什么另一重含义。如此活动往往要持续一个小时之久，直到她完全释然，确信丈夫对自己没有任何不满，之前的忧虑全是多余，才会停止。然后，善良、快乐、活力什么的又会充满她。她会吻我，和我说说笑笑，抑或走到钢琴前即兴弹上个把小时。可有的时候，她的快乐、活力会突然中断，然后开始哭。当我忧愁地看向她的时候，她反而会轻声安慰我，就好像生怕别人听见什么。她说她的眼泪没有缘由，她很开心，让我别担心。有时她的丈夫会不在家，而她就会变得非常焦虑，逢人就问他的情况，十分担心他，差遣人去了解他到底在干什么，他是不是需要家里的马车，他想要去哪里，他舒服不舒服，需不需要和人聊天，开不开心，和什么人说了什么话，凡此种种。

至于丈夫的工作和他本人的爱好，她似乎连直接谈论的勇气都没有。而只要丈夫给了她什么建议或者请求，她就立马照办，甚至到了自己为此而感到紧张的地步，就像是奴隶面对主人一样。她非常喜欢丈夫的赞美，不论赞美的是什么，只要是和她相关的，比如说一本书，抑或是什么手工活，总之这种赞美能让她非常自豪，能让她立马快乐起来，没完没了地快乐。又或是，他无意间（十分少见）忽然想爱抚他的两个小孩子（她和我）的时候，她的脸上就会洋溢出幸福的光芒，仿佛喜悦之情已到了无以言表的地步。这时候她甚至会生出一股子勇气，带着怯懦和颤抖的声音，主动邀请丈夫听一段新研究出的音乐，抑或是听一下她对某本书的看法，甚至准许自己为他读一读厚杂志上令她印象深刻的一两页某个作者的文章。有的时候，她的丈夫也会慷慨地满足她的全部愿望，甚至宽厚地对她露出迁就的微笑，就像是成年人对恃宠而骄的孩子微笑一样，就像是成年人生怕自己拒绝了来自孩子的某种天真又古怪的什么要求，就伤害到了孩子的天真稚气一样。但是不知道为什么，我的内心总是被他居高临下的奇怪微笑，他的傲慢，他们之间的这种不平等所搅扰。我克制着自己，沉默着，只是带着孩子一样的好奇心，和孩子不会有的严肃意识思考着、关注着他们。有的时候，我也能注意到他突然就警觉起来了，就好像他突然意识到了有什么既沉重又可怕还不可避免的事情要来了。那一瞬间，他脸上的微笑、他的和蔼会立马消失，取而代之的是以充满同情的目光凝视惊恐的妻子。说实话，他目光中的同情能到令人颤抖的地步。对于现如今的我而言，要是有人以这种同情的目光凝望着我，我会备受折磨的。

总之，就是那一刻，阿列克桑德拉·米哈伊洛芙娜脸上的喜悦也会消失。读书也好，弹琴也罢，总之什么都进行不下去了。她面色苍白，能看出来是在强撑着保持沉默。然后，那种不愉快的苦闷时刻就来临了。有时候还会持续很长时间。往往在最后打破僵局的是她的丈夫，他会从座位上站起来，也好像是在强撑着，只是遏制的对象是恼怒和激动，阴郁地在房间里来回踱步，长吁短叹，带着明显的尴尬，对着妻子说些断断续续的话，似乎想要安慰她，再然后就离开房间。他一走，阿列克桑德拉·米哈伊洛芙娜要么痛哭流涕，要么陷入深深的悲伤中无法自拔。

她的丈夫对她就像是对小孩子一样，晚上睡觉的时候，他会给她画十字，会祝福她。而她则会带着感激的泪水和无比的敬畏接受他的赐福。但是，还是有几个夜晚让我难以忘怀，虽然八年的生活里这些让我难以忘怀的夜晚也不过就三两次。

有一回，阿列克桑德拉·米哈伊洛芙娜突然像变了个人似的。她的脸上写满了来自内心深处的某种怨气和愤懑，完全取代了一以贯之的自我贬低和憧憬。有的时候这风暴能酝酿一个小时之久，而她风暴中的丈夫则会变得更加沉默、更加阴郁、更加严肃，直到这风暴酝酿到极致，到达这可怜女人的心再也无法忍受的地步。她会缓缓张口，断断续续地说出一串因激动而无法成形的话，这些话吞吞吐吐、语无伦次，充满了难以理解的暗示和苦涩至极的沉默。然后就好像再也无法忍受自己的痛苦了，眼泪会唰地涌上来，与之相随的就是愤怒的爆发、痛苦的责备和深切的绝望，就好像她的精神已经到了崩溃的边缘。这时候就能看到，她丈夫所需要的是何其巨大的耐心，只有这种耐心才能让她平静下来，他也会抱着这种耐心亲吻她的手，甚至同她一同哭泣。然后，她就像是突然间清醒了过来一样，就像是良心正深深拷问她一样，就好像是那些最最绝望的人一样，她开始祈求丈夫的宽恕。而她的丈夫，一秒都不会耽搁，立马给予她宽恕。但是，她的良心仍旧拷问着她，所以她的眼泪和请求不会立马停下，还会持续很久。接下来的一段时间，甚至是接下来的几个月，她会在丈夫面前变得更加胆怯、更加战战兢兢。

我无法理解她的责备和非难，因为这种时候我会被从房间中带出去，毕竟会难为情。但要说彻底避开这种事儿，那自然不可能。我从一开始就暗暗怀疑这背后一定有什么不可告人的秘密：毕竟这颗心突然的一次又一次爆发绝不是什么毫无由头的神经危机；这丈夫总是愁容不展，必定也有什么不可告人的秘密；他对他那病态的可怜妻子所展现出来的居高临下式的同情也绝不那么简单；而反过来，妻子对丈夫那常有的胆怯、战栗和她总是表现出的奇怪恭顺以及不敢在丈夫面前展现出来的爱也一定有什么由头；他们俩这种孤独、修道院一般的生活氛围和她脸上总是泛起的苍白与潮红也一定藏着些奥秘。总而言之，这一切让我观察着、研究着、猜测着。

但实话实说，她和丈夫之间的冲突情形很少见，我们的生活也确实单调，我对她的观察也过分细致了。最后，随着我迅速地成长和发育，许多新的、无意识的东西开始分散我的注意力。如此这般的生活我竟也适应了，如此这般的习俗和周围的人我竟也习惯了。我，当然，看着阿列克桑德拉·米哈伊洛芙娜的时候，时不时还是难免陷入沉思。只是，我的思考不会有任何结果。我非常爱她，尊重她的惆怅，也因此时常害怕自己的好奇搅动她脆弱的心灵。她理解我，总是感谢我对她的依恋！当她注意到我的关心时，就会含着泪对我微笑，甚至拿自己的眼泪打趣。然后，突然间，她就会对我说什么她非常满意、非常幸福，所有人都对她很好，所有她认识的人都爱她，她的丈夫彼得·亚历山德罗维奇多么照顾她的情绪，她是何其幸福、何其满意之类的话。说罢，她就会非常深情地把我抱在怀里，脸上都闪耀着爱的光芒。而那个时候，我的心都因对她的同情而备感痛苦。

她的面容永远刻在了我的记忆里。印象中，她的五官非常端正，而她瘦弱和苍白的面容更加提升了这五官的美丽和端庄。她总是把最为浓密的黑色秀发梳理得十分平顺，它们向下耷拉着，在她的面庞上清晰地勾勒出一条生硬的阴影。如此一来，自然形成了一种反差，一种让人难免惊讶的可爱的反差，尤其是对照她总是温柔的神情、孩童般清澈的蓝眼睛和她胆怯又温柔的微笑。总之，她那张苍白的脸上反映出的是一种天真、怯懦和不设防的什么东西，也反映出了她的永恒悲伤——那种似乎正在为每一种感觉、每一次冲动、每一次恐惧和每一次喜悦而忧愁的悲伤，沉静的悲伤。但每逢那些幸福的、无忧无虑的时刻，她那双洞察心灵的大眼睛里就充满了明亮和宁静的光芒，就像天空一样清澈，闪烁着如此深沉的爱意和甜蜜。那双眼睛里写满了对于世间所有美好、所有寻求爱和怜悯之人或物的深切同情。甚至，你的灵魂都会情不自禁地靠近，会不由自主地向它们屈服，仿佛只需要靠近它们、屈服于它们就能感受到最清朗和平静的状态，就能拥有宽恕和爱。就像是有时候我们凝视着蔚蓝的天空，享受着长达几小时在沉思中的甜蜜一样。在这个时候，灵魂变得自由和宁静，就好像是在平静水波中无声倒映出壮丽的天空穹顶。当激情给她的脸颊带来色彩（这经常发生），她的心脏因为激动而加速之时，她的双眼里会闪烁出似雷电一般的光芒，就好像是在抛射火花，那些她一直在用灵魂护卫着的绚丽火花，那些一直在鼓舞着她的纯洁火花。现在，这些火全部都转移到了她的眼睛里。在这些突然的热情爆发，以及从平静、胆怯的精神状态到明亮和崇高的热情转变中，伴随着那么多孩子一般的天真和迅速，那么多婴儿一般的信念。可以说，一个画家宁愿牺牲半生，就是为了把这个时刻，把这副热情的振奋面孔搬上画布。

自我踏入这个家门的那一刻起，我就察觉到，在她的孤独中，她甚至因我的到来而感到高兴。那时她只有一个孩子，成为母亲的角色也才不过一年。但我很快就成为她的女儿，对她来说，将我和自己的亲生孩子区分开来是不可能的。她带着满腔的热情投入到养育我的事务中！起初，她的急切甚至让莱奥塔尔夫人见了都忍不住笑出声来。事实上，我们突然间着手做一切事情，以至于我们彼此都难以理解对方的意图。比如，她开始亲自教授我许多知识，但最终她那一方表现出了过多的激情、过多的热忱，以及出于爱心的急躁，这超出了真正对我有益的范围。起初，她对自己做事的方式感到失望；但笑声过后，我们重新着手，尽管阿列克桑德拉·米哈伊洛芙娜在初次受挫后，勇敢地宣称自己反对莱奥塔尔夫人的方法。她们在笑声中争执起来，但我的新教师坚决反对任何刻板的方法，坚持认为我和她将通过摸索找到正确的道路，不需要往我的头脑中填充枯燥的知识，整个成功的关键取决于理解我的本能和掌握激发我内心善良的意志——她是对的，因为她最终完全取得了胜利。

首先，学生和导师的角色从一开始就完全消失了。我们像两个朋友一样学习，有时情况甚至似乎是我在教导阿列克桑德拉·米哈伊洛芙娜，而她却不动声色地将我引上正确的道路。就这样，我们之间经常发生争论，而我在极力证明自己对事物的理解时，阿列克桑德拉·米哈伊洛芙娜就悄无声息地引导我找到真相。但当我们理清思路，课程结束的时候，我就会立刻意识到阿列克桑德拉·米哈伊洛芙娜的策略，感受到她为我付出的所有努力以及为了让我受益而牺牲的许多小时，我在每堂课后都会扑向她，紧紧搂住她的脖子。我的敏感震惊了她，她对此感到困惑。她开始好奇地询问我的过去，每次我讲述后，她对我既温柔又严肃——说严肃，是因为我那不幸的童年唤起了她的同情，似乎还带有某种尊重。在我倾诉之后，我们通常会进行一番长谈，她再次向我解释我的过去，以至于我真的感觉好像重新经历了一遍，重新学到了许多东西。莱奥塔尔夫人常常觉得这类谈话过于严肃，而且，看到我情不自禁地流泪，她认为这完全不适宜。但我却认为恰恰相反，因为这些课程之后，我感觉如此轻松和甜蜜，就好像我的命运中从未有过不幸。更重要的是，我对阿列克桑德拉·米哈伊洛芙娜充满了深深的感激，因为她使我一天比一天更加爱自己。莱奥塔尔夫人未曾想到，正是因为这样，以前在我心灵中不正确地、过早地、狂暴地涌起的一切才逐渐变得平衡并达到了和谐的境地，她也未曾想到我那颗童稚的心到了何种程度，处处溃烂，带着难以忍受的疼痛，以至于它不公正地变得残忍无情，哭诉着这阵阵痛楚，却不知痛楚从何而来。

自黎明破晓，我们便在她的育儿室中相聚，唤醒她的孩子，为他更衣，照料他，喂养他，哄他，教他牙牙学语。一切安排妥当后，我们才离开小家伙，各自坐下，投身于自己的事务。我们学习了诸多知识，只是上帝知晓，这些学问中包罗万象却又无一定之规。我们阅读书籍，分享彼此的感受，然后放下书本，转而沉浸在音乐的旋律之中，时间就这样在不知不觉中流逝。到了夜晚，B时常来访，他是阿列克桑德拉·米哈伊洛芙娜的朋友，也是莱奥塔尔夫人的朋友。我们会展开一系列激烈而热切的讨论，讨论我们在社交圈中的所见所闻，讨论现实与理想、过去与未来，直至深夜。

我全神贯注地倾听着，与他们一同热情高涨，一同谈笑风生，或一同感受心灵的触动。正是在这样的时候，我了解到了自己父亲和我童年的所有细节。我也在悄然成长。尽管他们为我聘请了教师，但如果没有阿列克桑德拉·米哈伊洛芙娜，我将一无所获。与地理老师一起时，他让我在地图上寻找城市与河流，我却如同盲人摸象。然而，与阿列克桑德拉·米哈伊洛芙娜一起，我们仿佛踏上了真实的旅途，游历了那些国家，目睹了无数奇观，体验了无数喜悦与奇妙的时刻。我们对彼此的热情如此强烈，她所读之书最后也无法满足我们的需求了。我们不得不开始阅读新的书籍。不久，我便能自行向地理老师展示所学，尽管公平地说，在对某个城市的经纬度、居民数量的精确了解上，他终究保持着自己的优势。

历史老师得到的报酬颇为优厚，但当他离开后，我便与阿列克桑德拉·米哈伊洛芙娜用我们自己的方式学习历史：我们手捧书本，有时直至深夜，或者更准确地说，是阿列克桑德拉·米哈伊洛芙娜在阅读，是她在逐字逐句地为我讲解。在这种阅读之后，我感受到了前所未有的激动。我们两人都充满了活力，宛如自己成了故事中的主角。当然，我们从字里行间读到的，远比文字本身所表达的要多得多。此外，阿列克桑德拉·米哈伊洛芙娜讲述得非常出色，仿佛我们所读到的一切都是她亲身经历的一般。

就让我们这样吧，哪怕看似可笑，我们的激情燃烧一直持续到午夜之后，我——一个孩童，她——一个饱受创伤的灵魂，都曾那样痛苦地忍受着生活的煎熬！我知道，她仿佛在我身旁找到了慰藉。我还记得，有时候当我凝视着她，便奇怪地陷入了沉思，猜想着；而在我真正开始生活之前，我已经预感到了生活中的许多许多。

跌跌撞撞，我终于十三岁了。与此同时，阿列克桑德拉·米哈伊洛芙娜的健康却每况愈下。她变得异常敏感，那种令人绝望的悲伤在她心中愈演愈烈，她丈夫的探访变得频繁起来，他沉默而阴郁地陪伴着她，坐的时间也越来越久。她的命运强烈地触动着我的心弦。随着我的童年即将画上句点，我的内心也涌现出了种种新的印象、观感、爱好和猜想；这个家庭中隐藏的谜团开始越来越剧烈地折磨着我。曾几何时,我自以为对这个谜团有所洞察。然而,有些时候我又会感到冷漠、无动于衷,甚至烦躁不安,忘记了自己的好奇心,也未能找到任何问题的答案。我时常(这种情况越发频繁)感受到一种奇异的渴望,想要独自沉思,沉思一切:这让我回想起与父母同住的日子,那时,在与父亲团聚之前,我整年都在思考、揣测,从自己的角落细致观察着人世间的纷扰,最终在由自己构想出的奇异幻象中变得孤僻。不同之处在于,现在有更多的焦虑、更多的苦闷,更多新的、无意识的冲动,以及对行动、对提升的强烈渴望,使我无法像过去那样全神贯注于一件事。

就她而言,阿列克桑德拉·米哈伊洛芙娜似乎在主动与我保持距离。在这个年纪,我已几乎不能再成为她的朋友了。我不再是个孩子,对许多事情的追问过于频繁,有时我那样凝视着她,害她不得不在我面前垂下眼帘。也有些奇怪的时刻,我无法忍受看到她流泪,每当我望着她,泪水常常在我眼眶中积聚。我扑过去,紧紧搂住她的脖颈,热情地拥抱她。她又能如何回应我呢?我感觉到自己成了她的负担。但在其他时刻——那些同样艰难、悲伤的时刻——她自己,仿佛陷入了某种绝望之中,只得痉挛地拥抱我,好像她在寻求我的同情,好像她无法忍受自己的孤独,好像我已经理解了她,好像我们共同承受着苦难。然而,我们之间仍然存在着一个秘密,这是显而易见的,而我自己也开始在这些时刻与她疏远。与她在一起时,我感到难以言说的难受。

此外,将我们联系在一起的东西越来越少,只剩下音乐。但医生们开始禁止她接触音乐。那书籍呢？这是最为棘手的问题。她完全不知道该如何与我一同阅读。我们，当然了，往往在第一页就会停下来：每一个字都可能隐含着暗示，每一个微不足道的短语都可能是一个谜。那些曾经热烈、倾心的交谈，是我们都在回避的事情。

然而，就在这时，命运以一种出人意料且极其奇特的方式，突然扭转了我的生活轨迹。我的注意力、我的感觉、我的心、我的思绪——所有这一切，突然间，以一种几近激烈的力量，甚至可以说是一种激情的驱使，猛地转向了另一种完全出乎意料的活动。而我，仿佛毫无防备，被整个卷入了一个崭新的世界，我甚至没有时间去转身回顾，去环顾四周，去稍作反思。我可能会因此毁灭，我甚至能感觉到这一点，但那种诱惑的力量比恐惧更为强大，于是我闭上双眼，带着一丝侥幸，勇往直前。在很长一段时间里，我脱离了那种现实，它曾让我如此痛苦，我曾在那里如此贪婪而徒劳地寻找着出路。以下是这件事及其经过的详细描述。

餐室有三个出口：一个通往几间宽敞的房间，另一个通向我的房间和育儿室，第三个则通向图书室。图书室还有一条通道，它与我的房间仅隔着一个书房，这里通常是彼得·亚历山德罗维奇的事务助理所在之地。事务助理，是他的缮写员、他的助手，也曾是他的秘书和代理人，橱柜和图书室的钥匙就存放在事务助理那里。有一次，午饭后他不在家时，我在地上发现了这把钥匙。

在好奇心的驱使下，我带着这份意外之财走进了图书室。这是一间相当宽敞且明亮的房间，四周摆放着八个大型书柜，里面装满了书籍。书籍之多令人惊叹，其中大部分是彼得·亚历山德罗维奇以某种方式继承而来。另一部分则是由阿列克桑德拉·米哈伊洛芙娜收集的，她总是不断购入新书。在此之前，为我阅读的书籍都经过了精心挑选，这让我不难猜到，有许多书籍是我被禁止阅读的，对我而言它们都是秘密。因此，我怀着一种难以抑制的好奇心，在一阵恐惧和喜悦以及某种特殊且难以言表的情绪中，打开了第一个柜子，取出了第一本书。这个柜子里收藏的全是小说。

我从中挑选了一本，关上柜子，将书带回自己的房间，心中充满了一种奇异的感觉，心脏狂跳不已，悸动不已，仿佛预感到我的生活即将发生翻天覆地的变化。我回到自己的房间，锁上门，翻开这本小说。但我还不能开始阅读，我有另一件事情需要处理，首先我必须确保自己对图书室的占有，不让任何人知晓，以便有可能在任何时候将任何书籍留在我身边。我把书放回去，把钥匙藏在自己身边，宁愿将这份阅读的乐趣留到更加适当的时刻。这是我人生中所做的第一件不光彩的事。我等待着种种后果，结果却是出奇地完美：彼得·亚历山德罗维奇的秘书和助手，点着蜡烛在地板上找了一整晚和大半夜，最终决定早上叫来锁匠，从他带来的那串钥匙中配制了一把新的。这件事就这样结束了，没人再提起丢钥匙的事情。我的行动是如此谨慎和狡猾，直到一个星期后我才再次踏足图书室，确信绝对安全，不会引起任何怀疑。起初我选择秘书不在家的时候去，后来我就从餐室进去，因为彼得·亚历山德罗维奇的文牍员只是口袋里有一把钥匙而已，他从未与书籍有过更深的接触，甚至从未踏入过藏书的房间。

我开始如饥似渴地阅读，很快，阅读成了我全神贯注的焦点。我所有新的需求，不久前的所有渴望，我青春期所有仍然朦胧的冲动，在我心中是如此不安和叛逆，这些都是我过早成熟带来的急不可耐。所有这些突然转向了另一个出乎意料的方向，就像找到了新的食物，就像为自己找到了正确的道路。很快，我的心和头脑变得如此沉迷，我的想象力变得如此宽广，以至于我似乎已经忘记了迄今为止围绕着我的整个世界。

看来，命运本身在我如此渴望、日夜梦想的新生活的门槛上拦住了我。而且，在让我踏上一条未知的道路之前，它把我带到了一个高处，向我展示了一个神奇的全景，一个动人心魄的辉煌视角，向我展示了未来。我注定要经历这整个未来，首先从书中读出它，在梦想中，在希望中，在激情的冲动中，在年轻精神的甜蜜兴奋中去体验。

我开始不加选择地阅读，从第一本弄到手的书开始，但命运保护了我：迄今为止我学到的和经历的东西是如此高贵、如此严格，以至于现在我已无法被任何诡诈、不洁的书页所诱骗。我孩童的本能、过小的年龄和我所有的过去保护着我。现在，意识好像突然照亮了我过去的全部生活。的确，我读过的几乎每一页都似乎很熟悉，好像早已经历过，就好像以如此意想不到的形式、在如此神奇的画幅中呈现在我面前的这全部的激情，这全部的生活，都已由我经历过了。

而我怎能不被吸引以至于忘掉现在，几乎到了疏远现实的地步呢？因为我面前的每本书都体现了同样的命运法则、同样的冒险精神，它主宰着人的生活，但它的来源是人类生活的某些基本法则，这是拯救、保护和幸福的条件。正是这条法则为我所怀疑，我也竭尽全力，用几乎是被某种自我保全的感觉在我内心激起的所有本能来猜测。我就好像被预先通知过，好像有人警告过我。就好像有什么东西预见性地挤入了我的心灵，我内心的希望一天天坚实起来。尽管与此同时我对这未来、对这生活的冲动越来越强烈，这种生活每天都在我读过的东西中以全部的力量、以特有的艺术、以诗意的全部魅力震慑着我。

但是，正如我已经说过的，我的幻想远远主宰了我的急躁情绪。而我，说实话，只是敢于梦想，而实际上面对未来我本能地胆怯了。因此，就像预先同自己商议了一样，我无意识地决定暂时满足于幻想的世界、遐想的世界，其中只有我一个主宰。在这个世界里，只有诱惑，只有快乐，而不幸本身，如果容许有的话，扮演的也是一个被动的角色，一个过渡的角色，一个为种种甜蜜的对比、为我头脑里令人狂喜的小说中命运意外转向幸福结局所必需的角色。现在，我就是以这样的方式理解我当时的心情的。

就这样的生活，一种充满了幻想的生活，一种与周围环境完全隔绝的生活，竟然持续了整整三年！

这种生活成为我的秘密，三年的时光悄然流逝，我依然不确定自己是否害怕这个秘密突然被揭露。在这三年中我所经历的一切，对我而言太过私密、太过贴近。在所有这些幻想中，我自己的影子过于强烈地映射出来，最终，我会因为任何人的目光而感到尴尬和恐惧，担心有人无意中窥见我的灵魂深处。我们全家人都生活在一种与世隔绝的状态中,这个家庭就像修道院一样寂静,以至于我们每个人的内心都不可避免地发展出对自己的专注,一种自我监禁的需求。这样的情况在我身上也发生了。在这三年里,我周围的一切似乎都未曾改变,一切仍旧保持着原样。一种沉闷的单调仍然笼罩着我们,就像从前一样。现在回想起来,如果我不沉迷于自己的秘密活动,这种单调可能会让我的灵魂感到极度痛苦,可能会把我从这个萎靡不振、沉闷乏味的环境中抛出,推向一个未知而动荡的结局,而那个结局,也许将是毁灭性的。

莱奥塔尔夫人已经老了,几乎完全把自己关在房间里;孩子们还太小,B过于单调乏味,阿列克桑德拉·米哈伊洛芙娜的丈夫,还是那样阴沉,那样难以接近,那样自闭,就像从前一样。他和妻子之间的关系仍旧神秘莫测,这种关系开始以越来越令人生畏的严峻样貌呈现在我面前,我越来越为阿列克桑德拉·米哈伊洛芙娜感到害怕。她的生活,沉闷、缺乏色彩,明显在我眼里暗淡下去。她的健康变得几乎一天比一天差,仿佛某种绝望终于进入了她的心灵。她处在某种未知的、无法确定的重压之下,对此她自己也无法给出答案,是某种可怕的,与此同时她自己也无法理解的东西,但她把它当成是自己生命中注定不可避免的十字架,承担了下来。

在这沉闷无声的苦难中,她的心变得残酷无情,甚至她的心智也转到了另一个黑暗、悲伤的方向。特别令我震惊的是,在我看来,我的年龄越是增长,她似乎就越是疏远我——她对我的遮遮掩掩甚至转变为某种不耐烦的恼怒。看上去,她有些时候甚至不喜欢我,好像我在妨碍她。我开始有意地躲着她，而一旦躲避，我就好像染上了她性格中的神秘特质。这就是为什么，我在这三年中生活的一切，在我的心灵、梦想、认识、希望和充满激情的狂喜中形成的一切——所有这些都顽固地留在我心里。

一旦彼此躲藏，我们就再也没有办法聚在一起了，尽管在我看来，我每天都比前一天更加爱她。没有泪水相伴，现在我就无法回忆她对我的依恋到了何种程度，她在自己心里做了何种程度的保证，要把它所包含的所有爱的宝藏挥洒在我身上，一直履行她的誓言——做我的母亲。她自己的悲伤有时会让她很长时间丢下我，似乎把我忘了，我也尽量不提醒她想起我。我的十六岁到来时，似乎谁都没有注意到。

但在有所意识、目光更为清晰地环顾四周的时刻，阿列克桑德拉·米哈伊洛芙娜突然开始为我担忧。她不耐烦地把我从我的房间里、从功课和作业中叫到她那儿，向我抛来一个个问题，好像在测试我、探询我，整天不再跟我分开，猜测我的所有动机、所有愿望，明显关心起我的年龄，关心我现在的时时刻刻，关心未来，怀着不竭的爱，怀着某种虔敬准备帮助我。但她已经非常不习惯我，因此有时做事过于天真，这一切对我来说太清楚、太明显了。有件事发生在我已经十六岁的时候，她翻遍我的书，问我在读什么，在发现我还没走出十二岁的儿童读物时，好像突然吓坏了。我猜到是怎么回事，却也只得密切关注着她。

两个星期里她好像在训练我、测试我，查明我的发展程度和我的需求程度。最后她做了决定,于是我的桌子上出现了沃尔特·司各特的《艾凡赫》,这本书我很久以前就读过了,而且至少读过三遍。起初她怀着胆怯的期待留意我的感想,似乎在权衡它们,好像害怕它们似的;最后,我们之间那种紧绷感消失了,我们两人心火燃烧,我高兴,因为我可以不必在她面前躲躲藏藏了!当我们读完小说,她因为我而欣喜若狂。在我们的阅读当中,我的每一句评语都是对的,每个感想都是正确的。在她的眼里,我已经发展得太远了。她惊讶于此,因我而狂喜,她高兴地再次着手关注我的教育,她再也不想与我分开,但这不取决于她的意志。命运很快又把我们分开,妨碍我们接近。第一次发病就足够做到这一点了,那是她恒久悲伤的发作,随之而来的又是疏远、秘密、不信任,甚至是残忍无情。

然而,在某些时刻,我们偶尔会遇到无法控制的瞬间。阅读、交流几句温馨的话语、音乐——这些都能让我们忘记了自己,沉浸在长时间的交谈中,有时甚至超越了我们的界限,以至于之后我们难以面对对方。当我们回过神来,我们会像受惊一样相互对视,带着充满疑虑的好奇心和不信任。我们每个人都有自己的界限,我们的亲近会触及它,但我们不敢越过。

一天傍晚,在黄昏之后,我在阿列克桑德拉·米哈伊洛芙娜的书房里随意阅读。她坐在钢琴前,即兴演奏她最喜欢的一个意大利音乐主题。当她最终转向咏叹调的纯净旋律时,我已经被深深打动,开始轻声跟随音乐哼唱这个主题。不久,我完全沉浸在其中,站起身,走到钢琴前。阿列克桑德拉·米哈伊洛芙娜仿佛看穿了我的心思,转而伴奏，满怀爱意地跟随我嗓音的每个音符。她似乎对我的丰富音色感到惊讶。我以前从未在她面前唱过歌，也不知道自己是否拥有这样的天赋。现在，我们两个突然受到鼓舞。我更加自信地提高嗓音，内心涌现出能量和激情。我被阿列克桑德拉·米哈伊洛芙娜更加快乐的惊讶所点燃，我能感受到她伴奏的每个节拍中的情感。最后，歌唱以一种充满活力、令人振奋的成功结束，她欣喜若狂地抓住我的手，高兴地看着我。

"安涅塔！"她说，"你的嗓音好美啊！上帝啊！我之前怎么就没注意到呢？"

我高兴得不能自已，回答说："我也是刚注意到。"

"上帝保佑，我亲爱的宝贝，快快谢谢他给你这样的天赋吧！这谁能知道啊……上帝啊！上帝啊！"

她被这一意外发现深深触动，沉浸在一种狂热的喜悦之中，一时间竟不知所措，不知该如何向我表达她的爱。这是我们之间久违的理解、喜爱和亲近的时刻。一个小时后，家中仿佛迎来了节日。她立刻派人去请 B。在等待他的时候，我们随意翻开了我更熟悉的另一首曲子，开始了新的咏叹调。这一次我感到非常胆怯，身体甚至不由自主地颤抖起来，我担心失败会破坏第一印象。但很快我的嗓音便给予我鼓励和支持。我对自己的力量越来越感到惊讶，再次尝试消除了所有疑虑。

在急切的喜悦中，阿列克桑德拉·米哈伊洛芙娜派人叫来孩子们，甚至叫来孩子的保姆。最后，她完全着迷，甚至去丈夫那里把他从书房叫出来，这在平时她连想都不敢想。彼得·亚历山德罗维奇关切地听取了这一消息，向我表示祝贺，并亲自第一个宣布应该教我。阿列克桑德拉·米哈伊洛芙娜，因感激而感到幸福，仿佛这是为她做了天大的好事，她奔向前去亲吻丈夫的双手。

最后，Б出现了。当时他已经是一个小老头了，他很是高兴。他非常爱我，回忆起我的父亲，回忆起过去的事。当我在他面前唱了两三首歌后，他以严肃、忧虑的神态，甚至带有某种神秘感，宣布毫无疑问我是块好材料，甚至可能是不世出的天才，不教我是不可能的。然后，好像经过一番考虑后，他与阿列克桑德拉·米哈伊洛芙娜两人都认为，一开始就过分赞扬我是危险的。我也注意到他们立刻交换了眼神，暗中达成协议，而他们对我的这种小伎俩实际上非常天真和笨拙。我整个晚上都在暗笑，看得出来，在一首新歌之后，他们竭力克制自己，甚至故意大声指出我的缺点。但他们并没有撑太久，第一个改变的是Б，他再次兴奋得动了感情。我从未想过他这样爱我。

整个晚上都持续着最友好、最热烈的交谈。Б讲了几位著名歌唱家和演奏家的生平，怀着一位艺术家的欣喜和崇敬之情，深受触动。然后，谈及我的父亲，话题转向了我、我的童年、公爵，转向公爵的整个家庭——自从分离以来，我很少听到过他们的消息。阿列克桑德拉·米哈伊洛芙娜本人也知之不多。Б最为知情，因为他不止一次去过莫斯科。但说到此处，谈话转入了某种让我觉得神秘莫测的方向，有两三个地方，特别是关于公爵的，对我来说完全无法理解。阿列克桑德拉·米哈伊洛芙娜说起卡佳，但有关她的情况Б说不出什么特别的，似乎也想对此保持沉默。这让我深感惊讶。

我不仅没有忘记卡佳，我内心先前对她的爱从未淡薄，甚至相反，我一次都没有想过卡佳会有什么变化。迄今为止，一直为我的注意力所忽视的是分离；是各自度过的漫长岁月——其间我们没有向对方传达任何有关自己的消息；是教养的差异；是我们性格的差异。最后，卡佳在精神上从未离开过我：就好像她仍然和我生活在一起，特别是在我所有的梦想中，在我所有构想的小说和虚幻离奇的冒险中，我总是与她携手并进。我把自己想象为我所读过的每部小说的女主角，随即将我这位公爵小姐朋友安插在自己身边，将小说分成两部分，其中一部分当然是由我创造的，尽管我毫不留情地劫掠了我所喜爱的那些作者。

最后，我们的家庭会议决定给我请一位歌唱老师。B 推荐了最有名也是最好的一位。第二天，我们这儿就来了一位意大利人 D，他听了我的歌唱，重复了他的朋友 B 的意见，但立即宣布，我和他的其他几个女学生一起学习会大有益处，有助于我的嗓音发展成熟，有竞争、有模仿才会有更好的接受，而且在那儿所有条件都很齐全，样样触手可及。阿列克桑德拉·米哈伊洛芙娜同意了。于是从那时起，我每周三次一早出发，八点钟，在女仆的陪伴下去音乐学院教授那里学习。

现在，我将叙述一段奇异的冒险，它对我产生了极为深刻的影响，并以一种突然的转变开启了我内心的新时代。那时，我刚满十六岁，就在那时，我的内心涌现出了一种难以名状的冷漠，一种连我自己也难以理解、令人难以忍受且充满忧愁的寂静笼罩了我。我所有的幻想、我所有的冲动突然沉寂下来，连幻想本身似乎也因无力而消失了，取而代之的是一种冰冷的漠然，它取代了之前那颗因缺乏经验而充满激情的心。即使我的天赋曾得到所有我爱的人的认可，那时是如此令我欣喜，现在也失去了我的欢心，我无情地忽视了它。没有什么能让我感到快乐，甚至对阿列克桑德拉·米哈伊洛芙娜，我也产生了一种冷漠，为此我自责，因为我不得不承认这一点。我的冷漠会被不自觉的悲伤、被突如其来的泪水所打断。我渴望隐居独处。

在这奇异的时刻，一个奇异的事件彻底震撼了我的整个心灵，将这寂静转变为一场真正的风暴。我的心受到了伤害……接下来，我将一五一十地讲述这件事情是如何发生的。

七

那次我踏入图书室的瞬间将永远被铭记在我心中。当时，我随手拿起沃尔特·司各特的小说《圣罗南之泉》，这部作品是我唯一未曾阅读过的。那时，一阵揪心、空洞的愁烦折磨着我，仿佛某种预感正萦绕心头。我感到一种想哭的冲动。夕阳的余晖洒在高窗内，光线浓烈而斜长，照亮了房间中闪闪发亮的镶木地板，周围一片寂静，隔壁的房间也空无一人。彼得·亚历山德罗维奇外出了，阿列克桑德拉·米哈伊洛芙娜身体不适，正躺在床上。

我真的流泪了，翻开书的第二卷，开始漫无目的地浏览，试图从眼前闪过的零星短语中寻找某种意义。我仿佛在进行占卜，就像人们随意翻开一本书来预测未来。有时候，所有的心智和精神力量会痛苦地紧绷，似乎随时会迸发出意识的明亮火焰。在那一瞬间，被撼动的心灵会梦见某种预言性的东西，仿佛心灵因未来的预感而痛苦，提前体验着它。整个身体是如此渴望生活，如此恳求着生活，燃起最热烈、最盲目的希望之火。心似乎在召唤着未来，连同它的全部神秘、全部不确定性，哪怕伴随着风暴、雷电，但一定要有生活。我的那一刻正是如此。

我记得我合上了书，打算将来随意翻开它，读一读眼前展开的那一页，以此来占卜我的未来。但是，当我再次打开书时，我看到一张写有文字的信纸，折叠成四分之一大小，平整而贴合，似乎已经在书中夹了多年，被人遗忘。带着极大的好奇心，我开始查看自己的新发现。这是一封信，没有地址，只有"S.O."这两个字母的签名。我的注意力立刻集中起来。

我展开那张几乎粘在一起的纸，由于长时间被夹在书页间，它在那儿留下了一块同等大小的浅淡印记。信的褶皱处已经磨损、破烂，很明显，它经常被拿出来阅读，被珍视如宝石。墨水已经发蓝、褪色——它已经被写下很久了！几个字句偶然映入我的眼帘，我的心因期待而狂跳。我惊慌地翻看手中的信，仿佛故意拖延阅读它的那一刻。偶然间，我把它拿到光线下：真的！字行里有干涸的泪滴，污渍还留在纸上，某些地方，整个字母都被眼泪冲掉了。这是谁的眼泪？

最后，耐不住期待的心悸，我读完了信的第一页的一半，一声惊讶的叫喊从我的胸膛迸发出来。我把书放回原处，锁上柜子，然后，在三角头巾下面藏了信，跑回自己的房间，锁上门，又从头开始读。但我的心猛烈地撞击着，词句和字母都在我眼前跳动起来了。很长一段时间我什么都没读懂。信里揭露了一个真相，一个谜的开端——它像闪电一样震惊了我，因为我知道了它是写给谁的。我知道，读罢这封信，我几乎是犯了罪，但这一刻的力量超越了我！信是写给阿列克桑德拉·米哈伊洛芙娜的。

信件的内容对我产生了深远的影响，它如同一道阴影，长久地笼罩在我的心头。自那日起，我的生活轨迹似乎发生了改变。内心的震撼和不安持续不断，因为这封信背后隐藏的诸多事情。我对未来的预感，似乎在这一刻得到了应验。

这封信，是一封离别的书信，它承载着最后的话语，充满了绝望。在阅读它的过程中，我感到一种剧烈的痛苦，仿佛我自身也经历了失去一切的悲剧，所有的梦想和希望都被无情地夺走，留下的只是一片空洞，一种不再有任何期盼的生活。究竟是谁写下了这封信？而她之后的生活又将如何继续？信中充满了暗示和线索，足以让人确信其真实性，但同时，它又包含着重重迷雾，足以让人在无数的猜测中迷失方向。然而，我几乎可以肯定自己的推测是正确的。信中的措辞透露出许多信息，揭示了这段关系的全部本质，两颗心因此而破碎。书写者的思想和情感跃然纸上，它们是如此独特，正如我所说，它们暗示了太多的可能。现在，我将这封信逐字逐句地抄写下来：

你说了，你永远不会忘了我。我信了，深信了。我们即将面临别离，这一刻已然降临！我早已有所预感，我那温婉而忧伤的挚爱，然而直至今日，我才真正领悟其深意。**在我们共度的每一刻**，在你倾注爱意的每一个瞬间，我的心因我们的爱而感到剧烈的酸楚和疼痛，但请相信，现在，我感到了一丝解脱！我早已预见到这样的结局，这是我们命运的安排，这是不可逃避的宿命！倾听我的心声，阿列克桑德拉：我们并不相称；**我始终深感如此，从未改变！我配不上你**，而我却必须独自承受那过往幸福所带来的沉重惩罚。在你真正了解我之前，我在你眼中究竟是什么？上帝啊，两年的时光匆匆流逝，我却依然如梦游者一般，神魂颠倒；我至今无法理解，你怎会爱上如此平凡的我。我不明白，我们是如何走到这一步的。你还记得吗，与你相比，我曾是多么微不足道？我哪里配得上你，我以何取胜，我又有什么特别之处呢！

在与你相遇之前，我的生活平凡而粗糙，我的外表孤独而忧郁。我未曾期盼过生活的另一种面貌，没有去构想它，没有去追求它，也未曾试图去改变它。我的内心仿佛被一层无形的压迫所笼罩，我不了解，在这个世上，还有什么能比我那单调而规律的工作更加紧要。我唯一的关切便是对明日的展望，然而，即便是这份关切，对我来说也是淡漠的。曾几何时，那是很久以前的事了，我也幻想过，像每一个愚笨的梦想家一样渴望过。但自那以后，经过了漫长的岁月，我开始独自生活，生活充满了严酷与平静，我甚至未曾察觉到那冻结我内心的寒冷。我的心沉睡了。我清楚地知道，也坚信，永远不会有另一轮太阳为我升起，我对此深信不疑，没有一丝抱怨，因为我知道，**这一切都是命中注定的。**

当你从我身边经过，我都不明白，我怎敢大胆向你抬起眼睛。在你面前，我卑贱如奴隶。我的心在你身旁没有瑟瑟发抖，不感酸楚，没有向我预断有关你的事情：它很平静。我的心灵未曾与你的心灵相结识，尽管它在自己美丽的姐妹身边倍感明亮。我知道这一点，我隐隐感觉到这一点。我能感觉到，因为最下面的一片草茎也照耀着上帝的霞光，它温暖、爱抚着它，就像对待小草旁温顺地苟且偷安的繁茂花朵一样。

当我终于洞悉了一切——还记得吗？那晚之后，那些话语深深震撼了我的心灵——我的世界变得天旋地转，我感到极度震惊，一切在我内心变得混沌不清。你知道吗？我是这样震惊，这样不信任自己，我甚至无法理解你！这些话我从未对你吐露过。你一无所知，我并非你初见时的那个人。如果我有勇气，如果我敢于开口，我早已向你坦白了一切。但我选择了沉默，直到现在，我要一吐为快，让你明白，你现在要离开的究竟是谁，你要与之分离的是什么人！

知道我最初是如何感知你的吗？一股如火的激情俘获了我，它如同毒药一般，渗透进我的血液，搅乱了我所有的思绪和情感，我沉醉了，我仿佛失去了理智，对你那纯洁而**富有同情的爱**，我没有以平等的态度回应，没有以你那纯洁的爱所应得的尊重回应，而是无意识地，没有用心地回应。我没有真正认识过你。

我对你的回应，是出于将你看作那位**愿意屈尊俯就于我**的人，而非真心想要提升我、使我更接近你的人。你是否明白，我对你抱有的怀疑是什么？你是否了解，**忘却自我屈尊俯就于**

我，这究竟意味着什么？然而，不，我不愿用我内心的坦白来伤害你。我只想告诉你一件事：你认错了我，这误会是多么痛苦！我永远无法达到与你相近的高度。我只能在我那无际的爱中，远远地思考你，那时我已开始理解你，但我并没有因此减轻我的过错。你激发的我那股激情，并不是爱——我害怕爱，我也不敢去爱你。在爱情里，本应有相互的给予，有平等的交流，而我不配享有这些……我不清楚自己究竟怎么了！哦，我该如何向你阐明这一切，如何才能让人理解……起初，我是不相信的……

哦，你还记得吗？当最初的激动在我心中逐渐平息，当我的视线恢复了往日的清澈，当一切归于一种最纯净的情感，我最初的反应却是充满了惊讶、困惑，甚至恐惧。你是否还记得那一刻，我是如何突然泪流满面，跪倒在你的脚下？你是否还记得你当时的困惑和惊恐，你眼中含着泪水，问我："你怎么了？"

我沉默着，无言以对；我的灵魂仿佛被碎裂成无数片，那份幸福对我来说，沉重得几乎无法承担。我内心啜泣反复追问："为什么是我？我何德何能得到这样的恩赐？我配拥有幸福吗？"

我的姐妹！啊！我的姐妹啊！！哦，有多少次，你一次都没有察觉到的多少次，我偷偷地亲吻你的衣裙边缘；我偷偷地这么做，因为我知道，我不配站在你身边！那时我几乎喘不过气来，我的心跳缓慢而沉重，它仿佛渴望停止，永远停了算了。当我触碰到你的手，我的脸色变得苍白，身体不由自主地颤抖，你那纯洁的灵魂让我感到无比窘迫。哦，我无法向你表达我内心积压的情感，哪怕它们恨不能从我怀里冲出来！你可知道，你对我始终怀有的同情和温柔，有时却让我感到沉重和痛苦？当你吻我的时候——那只是一次，但我永远不会忘记——我的眼前变得模糊，我整个灵魂在那一瞬间遭受了极度的痛苦。为什么我在那一刹那没有倒在你的脚下，就此长眠？

这是我头一遭以"你"相称，给你写信，尽管你早已让我这么做了。你可明白我此刻想表达的是什么？我想要向你倾诉一切，就在此刻：是的，你给予我深厚的爱，像姐妹对兄弟那般；你对我的爱，就如同对待自己的创造，因为你唤醒了我沉睡的心灵，激发了我的思想，为我心中注入了甜蜜的希望。然而，我不能，我不敢，至今我未曾将你称作我的姐妹，因为我们之间存在着不可逾越的差异，你我的认识，是一场美丽的误会。

你瞧，我在这大祸临头的时刻，心中所想的依旧是自己，尽管我深知你因我而遭受苦楚。哦，请不要为了我而受折磨，我亲爱的朋友！你可知晓，我现在是如何看待自己的？这一切已经公之于众，周遭全是风言风语！你会因我而受到排斥，人们会向你投来轻蔑和嘲笑的目光，因为在他们眼中，我是如此卑微！哦，这全是我的错，是我配不上你！如果我是值得的，能够得到他们的赞许，激起他们更多的敬意，他们或许会宽恕你！

但是我卑微，但是我渺小，我跟个小丑一样。没有什么比被人当成笑柄更卑微的了！难道你没有听到**那些**叫喊声吗？正是因为**这些**声音的响起，我感到了前所未有的沮丧，远超我一直都感到的无力。你可知道,我现在的处境是,我甚至开始嘲笑自己了。我感到他们所说的都是事实,因为我发现自己也讨厌自己,讨厌自己的面孔、身形,讨厌自己所有的习惯、所有不雅的姿态,我始终对自己感到厌恶。

哦,请宽恕我此刻深深的绝望吧!是你教会了我,是你让我把所有的心事向你倾诉。我拖累了你,给你带来了仇恨和嘲笑,因为我知道自己配不上你。正是这个念头不断折磨着我,它在我的脑海中回响着,撕裂着,刺痛着我的心。我一直心存这样的感觉,你爱错了人,你以为自己能在我身上找到的那个人其实并不存在,你认错了我。这便是我的痛苦,这便是让我痛苦不堪的原因,这便是现在不断折磨我,要么将我推向死亡,要么让我疯狂的根源!

再见了,再见了!如今,一切秘密都揭露了,那些叫喊声、那些非议声(我都听得清清楚楚!)回荡在我耳畔,当我感觉自我贬低,在自己的眼中感到羞耻,甚至为你,为你的选择感到羞耻,当我诅咒自己的时候,我必须滚得远远的,必须为了你的平静而消失。他们要求如此,而你将永远、永远不再见到我!这是必要的,这是命中注定的!命运犯了一个错误,让我得到的太多,现在它正在纠正,它要收回一切。我们过去相遇,我们曾经相知,我们现在必须分离,直到下一次重逢!那将在何地,在何时呢?哦,告诉我,我亲爱的,我们将在哪里重逢,我将在哪里找到你,我将如何认出你,那时你还会认出我吗?我的整个灵魂都充满了对你的思念。哦,为何,为何我们必须这样?为何我们必须分离?请教我——我不懂,我不明白这一切——请教我,如何将生命一分为二,如何将心从胸膛中撕出,如何无心地活着?哦,我该如何记住?我将再也见不到你,永远,永远!

……上帝啊,他们的叫喊声多么可怕!我现在多么为你担忧!我刚刚遇见了你的丈夫:我们都配不上他,尽管在他面前我们都是清白的。他知晓一切,他看透了我们,他了解所有,而之前的一切对他来说就如同白昼般明亮。他英勇地站出来为你辩护,他会拯救你,他会保护你免受这些非议和叫喊的伤害;他无限地爱你,尊重你;他是你的救星,而我却在逃避!……我向他奔去,我想要亲吻他的手!……他命令我立即出发。决定了!据说,他为了你与他们所有人都争执过——那里的每个人都反对你。他们指责他的纵容和软弱。我的上帝!他们还说了你什么?他们不知道,他们**无法**,他们**没有能力**理解!请宽恕他们,我可怜的人,就像我宽恕他们一样。他们从我这里夺走了比你那里更多的东西!

我迷茫,我不清楚自己在给你写些什么。昨晚在告别时,我对你说了些什么,我都忘了。我连自我都丢了,你流下了眼泪……请原谅我这些不争气的泪水!我太软弱,缺乏坚韧。

我还有些话想对你说……唉!我多么希望能再次将泪水洒在你的手上,就像此刻我把泪水洒在信纸上一样!多么希望能再次倒在你的脚边!多么希望**他们**能了解你的情感有多么美好!但他们是盲目的,他们高傲且目中无人;他们看不见,也永远不会看见这一点。他们**用什么**来看呢！即使在他们的法庭上，你也是清白的，但他们不会相信，哪怕世界上的一切向他们发誓。他们怎么能理解！他们怎么会向你投掷石头？是谁的手第一个举起它呢？哦，他们不会犹豫，他们会举起成千上万块石头！他们敢于这么做，因为他们知道怎样做。他们所有人都会同时举起石头，声称自己是无辜的，最终却犯下了罪行！哦，如果他们知道自己在做什么该多好！如果能够把一切都告诉他们，毫无隐瞒，让他们看到、听到、理解并相信该多好！但不行，他们没有那么邪恶……我现在处于绝望之中，我可能在诽谤他们！我可能在用我的恐惧吓唬你！不要害怕，不要害怕他们，我亲爱的！你会被理解的。终于，已经有一个人理解你了：抱有希望吧——这个人就是你的丈夫。

再见了，再见了！**我不向你道谢！**永别了！

S.O.

我小小的脑壳里写满了大大的困惑，很长一段时间我都不能理解究竟发生了什么，我震惊，我害怕。现实突然降临，打破了我那已经沉浸三年的轻松梦境。我带着恐惧感到手中握有一个巨大的秘密，这个秘密似乎与我的整个存在紧密相连……但究竟是如何相连的呢？我自己也尚未知晓。在这一刻，我感到我的新生活即将开始。现在，我无意中成为那些人生活和关系中过于亲近的一部分，他们构成了我周围的整个世界，我为自己感到害怕。我凭什么要进入他们的生活呢，我，一个不请自来的外人，我给他们带来了什么？如何解开这些突然将我与他人的秘密联系在一起的束缚？谁能知道呢？也许，我的新角色对我来说，对他们来说，都将是痛苦的。我又不能保持沉默，不能接受这个角色，不能将我得知的秘密深锁于心，不留任何出路。但我将会发生什么事呢？我应该做什么？归根结底，我究竟得知了什么？成千上万个问题，尚显模糊，尚不清楚，在我面前浮现，已经开始急切地压迫着我的心。我感到自己迷失了方向，无助极了。

然后，我记得，新的时刻接踵而至，携带着种种新奇、陌生、我从未体验过的感受。我感到，仿佛在我心中萌生了某种东西，之前的忧愁突然之间从心底释放，而某种新的感觉开始充盈其中，我还未能分辨——这究竟应当悲伤，还是应当欢喜。我当前的瞬间，宛如一个人永远离开自己的家园，离开迄今为止安宁、平静的生活，准备踏上遥远而未知的旅途，最后一次环顾四周，默默地与自己的过去告别，同时心中充满忧虑，预感到新路上未知的、可能充满艰难与敌意的未来，因此感到一丝苦涩。最终，一阵痉挛的哭泣从我胸中爆发，这痛苦的宣泄让我的心情得到了缓解。我迫切地需要见到某个人，听到某个人的声音，紧紧地、紧紧地拥抱她。我不能也不想再独自一人，于是我奔向阿列克桑德拉·米哈伊洛芙娜，与她共度了整个夜晚。我们单独在一起，我请求她不要弹奏钢琴，也拒绝了唱歌，尽管她提出了邀请。我突然觉得一切变得沉重，而我无法使自己平静下来。似乎我和她都哭了，我只记得我让她感到害怕。她劝我冷静，不要恐慌。她用恐惧的眼神看着我,让我相信我生病了,我没有好好照顾自己。最后,我离开了她的房间,精疲力竭,饱受折磨,仿佛陷入了谵妄之中,发着热进入了梦乡。

几天过后,我逐渐平静下来,开始更清晰地理解自己的处境。在这段时间里,我和阿列克桑德拉·米哈伊洛芙娜过着一种完全与外界隔绝的生活。彼得·亚历山德罗维奇离开了圣彼得堡,去了莫斯科处理事务,预计将在那里逗留三个星期。尽管这只是短暂的别离,阿列克桑德拉·米哈伊洛芙娜却陷入了深深的忧伤。有时她显得稍微平静一些,但大多数时间她闭门不出,因此我几乎成了她唯一的陪伴。同时,我自己也在寻找独处的机会。我的思绪在一种痛苦的重压下运转,仿佛置身于迷雾之中。我经常沉浸在漫长而痛苦的沉思中,连续几个小时,我感到似乎有人在暗中嘲笑我,似乎有什么东西在我体内生根,扰乱和毒化我的每一个想法。我无法摆脱那些折磨人的幻象,它们不断出现在我的眼前,不让我得到片刻的安宁。我的脑海中涌现出长期、无望的痛苦,殉难,以及顺从、无怨无悔,却徒劳无功的牺牲。我感到,这份牺牲所献给的那个人,正在鄙视它,嘲笑它。我感到,我目睹了一个罪人在宽恕一个正直之人的罪过,我的心因此碎裂成片。与此同时,我竭力想要摆脱自己的怀疑。我诅咒这些怀疑,我痛恨自己,痛恨的是我所有的信念都不是真正的信仰,而只是一些预感,痛恨的是我在自己面前无法证实自己的感受。

随后,我在心中反复思量那些话语,那场可怕的告别和最后的呼喊。我在脑海中描绘那个不相称的人,试图揣摩"配不上"这个词背后所蕴含的所有痛苦意义。这种绝望的离别以一种痛苦的方式震撼了我:"我很低微,我为你的选择感到羞耻。"这到底是怎么回事?这些人是谁?他们为何感到忧愁,为何遭受痛苦,他们失去了什么?我强压住内心的波动,努力再次阅读那封信,信中充满了撕裂灵魂的绝望,但其含义却如此怪异,对我来说难以领会。然而,信件最终从我手中滑落,一种狂乱的激动越发紧握着我的心……最终,这一切必将寻找到某种解决之道,而我眼前却看不到出路,或者我害怕面对它!

就在我感到身体不适,几乎要病倒之际,某天,我们的院子外突然响起了马车声,彼得·亚历山德罗维奇从莫斯科回来了。阿列克桑德拉·米哈伊洛芙娜带着欢呼声跑向她的丈夫,而我,却站在原地,仿佛被钉在了那里。我还记得,自己对这突如其来的激动感到震惊。我情不自禁地逃回了自己的房间。我不明白为何会突然如此害怕,但我害怕这份恐惧本身。大约一刻钟后,我被人叫去,收到了公爵的信。在客厅里,我遇见了一位陌生人,他与彼得·亚历山德罗维奇一同从莫斯科来,据我所听到的零星对话,他打算在我们这里长期居住。这位是公爵的代理人,来到圣彼得堡处理一些公爵家族的重要事务,这些事务早已由彼得·亚历山德罗维奇负责。他递给我一封公爵的信,并补充说卡佳也想给我写信,直到最后一刻还在承诺会写,但最终没有交给他任何东西,只是请他转告我,她觉得没有什么可写的,信里什么都写不出来,她写了整整五页纸,然后又撕成了碎片。最后说,只有重新成为朋友,才能再次写信给对方。他还转达了她的保证:很快就能与我见面。这位陌生的先生回答了我急切的发问,说很快见面的消息是确切的，他们全家人都准备不久后来到圣彼得堡。听到这个消息，我感到无比高兴，急忙回到自己的房间，将自己锁在里面，泪水如雨般落下。我打开了公爵的信，公爵承诺我很快就能与他和卡佳见面，并热情地祝贺我拥有的才华。最后，他为我的未来送上祝福，并承诺会做出相应的安排。我含泪读着这封信，但我甜蜜的泪水中却掺杂着难以忍受的悲伤，以至于我为自己感到害怕——我不明白自己到底怎么了。

时间又悄无声息地流逝了数日。新来的客人现在每天都在之前曾是彼得·亚历山德罗维奇的文牍员居住的房间隔壁工作，从早晨直至夜幕降临，有时甚至持续到午夜。他经常闭门不出，与彼得·亚历山德罗维奇一同在书房里忙碌。一天午饭后，阿列克桑德拉·米哈伊洛芙娜让我去她丈夫的书房询问他是否愿意和我们一起饮茶。我走进书房，却发现里面空无一人，我便在那里等待，心想彼得·亚历山德罗维奇不久将会到来。墙上挂着他的肖像画。我记得，当我看到那幅肖像时，不禁打了一个寒战，随后，带着一种我自己也无法理解的激动心情，我开始端详它。肖像挂得相当高，加之光线昏暗，为了更清楚地看到，我便拉过一把椅子站在上面。我在寻找某种东西，仿佛我期望能为我心中的疑虑找到答案。我记得，最让我感到惊讶的是肖像中那双眼睛。我立刻感到震惊，因为我几乎从未见过这个人的眼睛：他总是将它们隐藏在眼镜之后。

在我童年时代，我就对他的目光抱有一种难以言说的、奇异的反感，这或许是一种无法理解的、莫名的偏见，但现在，这种偏见似乎得到了某种证实。我的想象力被激发了。我突然感到,肖像中的眼睛在羞愧地躲避我那锐利目光的审视,它们在努力回避,仿佛眼中充满了欺骗和谎言。我感到自己似乎猜得很准,内心有一种隐秘的喜悦在回应着我的猜测,尽管我自己也不明白这种感觉从何而来。一声轻微的惊叫从我胸中逸出。这时,我听到背后传来一阵轻微的响动,我转过身,发现彼得·亚历山德罗维奇正站在我面前,专注地凝视着我。我感觉他的脸上突然泛起了红晕。我瞬间感到自己的脸颊也燃烧起来,急忙从椅子上跳下。

"您在做什么?!"他严厉地问道,"您怎么在这儿?"

我完全不知道该如何回应。稍稍恢复了平静,我向他转达了阿列克桑德拉·米哈伊洛芙娜的某种邀请。我不记得他回答了什么,也不记得我是如何离开房间的,但当我来到阿列克桑德拉·米哈伊洛芙娜面前时,我完全忘记了她期待的答复,我随口说了一个答案。

"可你怎么啦?涅朵奇卡,"她问我,"你的脸怎么都红成这样了?看看自己,怎么啦?"

"不知道……可能是走得太快了……"

"彼得·亚历山德罗维奇给你说什么了?"她打断了我的话,有些不安。

我没有回答。就在这时,我听到了彼得·亚历山德罗维奇的脚步声,立刻离开了房间。我怀着极大的忧郁等待了整整两个小时。最后,有人来叫我到阿列克桑德拉·米哈伊洛芙娜那里去。阿列克桑德拉·米哈伊洛芙娜沉默不语,显得心事重重。当我走进房间时,她迅速而好奇地看了我一眼，但立刻又低下了头。我觉得她的脸上掠过一丝尴尬。很快，我注意到她心情不好，说话很少，完全不看我，而且在B关切的询问下，她抱怨自己头痛。彼得·亚历山德罗维奇比平时更健谈，但只与B交谈。

阿列克桑德拉·米哈伊洛芙娜心不在焉地走向钢琴。

"请给我们唱首歌吧！"B对我说。

"是啊，安涅塔，唱首新的咏叹调吧！"阿列克桑德拉·米哈伊洛芙娜好像终于找到了个说话的借口似的。我看了她一眼，她也正不安地看着我，期待着什么。

但我无法克服自己的紧张情绪。我本应走到钢琴前随便唱点什么，但我窘迫得厉害，不知所措，不知道如何婉拒。最后，沮丧战胜了我，我坚决地拒绝了。

"发生什么啦？歌儿都不想唱了？"阿列克桑德拉·米哈伊洛芙娜对我说。她以颇具意味的眼神看着我，同时还不经意地瞥了丈夫一眼。

这两种眼神的叠加让我瞬间失去了耐心。我猛然从桌旁站起身，心中充满了极度的慌乱，不再隐藏自己的情绪，因焦躁和懊恼而颤抖着，我坚定地重复，我不愿，也无力歌唱，身体感到不适。当我说出这些话时，我的目光扫过在场的每一个人，但上帝知道，我多么渴望那一刻能够躲在自己的房间里，远离所有人的目光。B显得非常惊讶，阿列克桑德拉·米哈伊洛芙娜显然感到不悦，她一言未发。然而，彼得·亚历山德罗维奇突然从椅子上站起身，声称他忘记了某件事情，

187

显然他因为错过了某个重要的时刻而感到恼怒,他匆忙地离开了房间,并提前告知我们,他可能会晚些时候回来,但为了保险起见,他紧紧握了握 B 的手,作为告别的礼节。

"你到底怎么了?" B 问我,"看你脸色确实病了。"

"对!我不舒服!非常不舒服!"我回答得很不耐烦。

"也是。你的脸突然就白了,刚才还挺红的……"阿列克桑德拉·米哈伊洛芙娜突然停下了手边的活,说了这么一句。

"好啦!"我一边说着,一边走到了她面前,直勾勾地盯着她。她这个可怜人因为受不了我的目光,垂下了头,就像做错事了一样,一抹淡淡的红晕浮上她苍白的面庞。我拉起她的手,吻了一下。阿列克桑德拉·米哈伊洛芙娜看了看我,带着一股毫不造作的、真诚的、天真的兴奋。

"原谅我啦!"我对她说,"原谅我今天是个凶恶的坏孩子。不过说真的,我真不太舒服。别生气了,让我走吧!"

"咱们都是孩子!"她含羞地笑着说,"你是,我也是。我比你还坏呢,比你坏多了!"她的唇靠近了我的耳边,"再见,祝你健康!只是,看在上帝老爷子的面子上,你也别生我气。"

"我为什么要生你的气呢?"她天真的坦荡让我惊讶。

"为什么?"她把我的问题重复了一下,看起来尴尬极了,尴尬到把自己都吓住了那样,"为什么?唉,涅朵奇卡,你又不是不知道我是什么样的人……我跟你说过的!好了,就这样再见啦!你比我聪明多了……我还不如你这个小孩子呢!"

"好了！就这样啦！"我被她深深地感动了，已经不知道该对她说些什么了，只是轻轻吻了吻她，匆匆离开了房间。

我无比沮丧，无比悲伤。同时，我对自己的粗心和不善处理事务感到愤怒。我羞愧到几乎要流泪，在深深的忧愁中进入了梦乡。当我早上醒来时，脑海中的第一个念头是，昨晚的一切——不过是纯粹的幻想，如同海市蜃楼，我们只是在相互欺骗，匆忙地为琐碎之事赋予了冒险的外表，一切的发生都是因为我们缺乏经验，因为我们不习惯于接受外界的印象。我认为，都是那封信的错，它让我过于不安，扰乱了我的想象力，于是我决定，以后最好什么也不要多想。就这样，我异常轻松地解决了我所有的烦恼，并且完全相信我也会这样轻松地完成我所定下的事情。之后，我变得更加平静，完全快乐起来，便去上我的歌唱课了。清晨的空气彻底清新了我的头脑，我非常喜爱早晨前往老师家的旅程。在城市中穿行是如此愉快，八点多钟的街道已经相当热闹，人们忙碌地开始了一天的生活。我们通常会经过最繁华、最繁忙的街道，而我又是那样喜爱我的艺术生涯开端的这种场景，喜爱用这种日常的琐事，小小的但充满生机的操劳去对比等待着我的艺术。它在这种生活的两步之外，在一幢大房子的三楼，那里挤满了租客，这些人，在我看来，与任何艺术都毫无关联。我腋下夹着一本乐谱，在这些忙碌的生意人、怒气冲冲的路人中间行走着；老妇人娜塔莉娅陪着我，她自己都不知道，她每次都向我提出要求解答的问题：她最常想的是什么？——最后，我的老师，半个意大利人，半个法国人，一个怪物，有时是个真正的爱好者，更多时候是书呆子，主要的是个吝啬鬼——所有这些都让我感到有趣,令我发笑或深思。此外,尽管我有些畏怯,却怀着热忱的希望爱着自己的艺术,建造空中楼阁,为自己描绘出最美妙的未来。时常,当我返回时,仿佛置身于自己幻想的火焰之中。总而言之,在这几个小时里,我几乎是幸福的。

当我在十点钟结束了课程,踏上回家的路时,那种特殊的时刻再次降临到我身上。我忘记了周遭的一切,只记得自己沉浸在某种愉悦的幻想之中。然而,就在我踏上楼梯的那一刻,我突然感到一阵战栗,仿佛被某种热力所灼伤。我听到了彼得·亚历山德罗维奇的声音,他那时正从楼上走下来。那种不愉快的感觉是如此强烈,昨天的回忆带着敌意猛然向我袭来,我无法隐藏自己的痛苦。我向他微微鞠躬,但或许在那一刻,我脸上的表情已经暴露了太多,以至于他惊讶地停下了脚步,站在我的面前。他注意到了我的窘迫,我的脸瞬间涨红,我加快了步伐,匆匆上楼。他向我含糊地说了些什么,然后继续沿着自己的路走去。

我如此气恼,几乎要落泪了,我不明白这一切究竟是怎么回事。整个上午,我都心神不宁,不知道该如何才能结束这一切。我已经对自己保证了上千次要保持理智,但那些恐惧感上千次地占据了我的心灵。我感到自己对阿列克桑德拉·米哈伊洛芙娜的丈夫怀有憎恨,同时我也为自己感到绝望。这一次,由于连续不断的激动和不安,我感到非常不适,已经无法控制自己。我对每个人都感到恼火,整个上午我都坐在自己的房间里,甚至没有去见阿列克桑德拉·米哈伊洛芙娜。后来,她亲自来找我。她看了我一眼,几乎要惊叫出声。我的脸色是那样苍白,以至于当我照镜子时,连我自己都感到震惊。阿列克桑德拉·米哈伊洛芙娜陪了我一个小时,像照顾一个小孩子一样照顾我。

然而,她的关怀深深地让我忧伤,她的爱抚让我心中充满了痛苦,每当我望向她,都会感到一种难以言说的痛楚,我最终请求她让我独自留下。她离开了,带着对我深深的担忧。我的悲伤最终以泪水和一次情感的爆发而告终。到了傍晚,我感到了一丝轻松……这轻松源于我做出的决定:去见她。我决定在她面前跪下,将她遗失的信交还给她,向她坦白一切:坦白我带来的所有痛苦,坦白我所有的疑惑,怀着无尽的爱意拥抱她——这份爱在我心中为她、为我的受难者熊熊燃烧,告诉她,我是她的孩子、她的朋友,我的心向她敞开,她只需一瞥,便能看到其中蕴含着多少对她最热烈、最坚定不移的情感。我的上帝!我知道,我能感觉到,我是她唯一愿意敞开心扉的人;这样一来,我觉得,获得救赎变得更有可能,我的话语也更有力量……虽然模糊、不清晰,但我理解她的忧愁;一想到她会在我面前,在我的裁决面前感到羞愧,我的心便充满了愤怒的情感……可怜啊,我可怜的人,你就是那个罪人吗?这是我要在她的脚边哭泣着告诉她的。正义感在我内心被激发,我愤怒至极,我不知道自己会做出什么,但直到事后我才清醒过来,一件意外的事情挽救了我和她,使我俩免于毁灭,几乎在我刚开始行动时就阻止了我。一阵恐惧向我袭来。她那饱受折磨的心会为了希望而重新振作吗?我的一次打击本可以杀死她!事情是这样的:我已经离她的书房只有两个房间的距离,这时彼得·亚历山德罗维奇从侧门出现,他没有注意到我,从我面前走过——他也是去她那里的。我停下了脚步，仿佛在地上生了根，在这种时候我最不愿意遇到的人就是他。我正要离开，但好奇心突然让我停留在原地。

他在镜子前驻足片刻，整理着自己的仪容，令我震惊的是，我突然听到他轻声哼唱着一曲旋律。在那一瞬间，我童年一段黑暗而遥远的记忆在我心中复苏了。为了理解那一刻我所经历的奇异感受，我必须提及这段往事。在我初到这个家的那一年，有一件事深深震撼了我，直到现在我才恍然大悟，因为只有在这一刻，我才真正明白了我对这个男人莫名反感的根源！我曾提到，那时，只要与他相处，我就感到难以言说的不适。我已经描述过，他紧锁的眉头、忧郁的面容，常常沮丧的表情，给我留下了多么压抑的印象；我们在阿列克桑德拉·米哈伊洛芙娜的茶桌旁度过的时光，让我感到多么痛苦；更不用说，当我偶然成为那些我先前提及的阴郁而不快的争吵的见证者时，那种折磨人的忧愁是如何撕裂我的心的。巧合的是，那时我遇见他，就像现在一样，也是在同一个房间、同一个时刻，当时他正要去见阿列克桑德拉·米哈伊洛芙娜。当我独自遇见他时，我感到一种纯粹孩子式的羞怯，因此像做错了事一样躲进角落，默默祈祷他不要注意到我。就像现在一样，他停在镜子前，我不禁打了个寒战，出于一种难以名状、不再是孩子般的感觉。在我看来，他似乎在重塑自己的面孔。至少我清楚地看到他走向镜子前脸上的笑容，我看到他笑了，这是我从未见过的，因为（我记得，这一点最让我震惊）他从未在阿列克桑德拉·米哈伊洛芙娜面前笑过。突然，他一望向镜子，脸上的笑容就像接到命令一样消失了，取而代之的是一种苦涩的表情，好像不由自主地从内心挣扎着要表露出来。那是一种人类的力量无法隐藏的感觉，无视任何慷慨的努力，扭曲了他的嘴唇，某种抽搐的疼痛在他的额头上挤出了皱纹，挤压着他的眉毛。他的目光阴沉地隐藏在眼镜后面。总之，在那一瞬间，他就像接受了指令，完全变成了另一个人。我记得，作为一个孩子，我因为恐惧而颤抖，因为害怕理解我所看见的事情，于是从那时起，一个沉重、不愉快的印象被永远锁在了我的心里。他朝镜子里看了一分钟后，垂下头，弯腰拱背，就像他通常出现在阿列克桑德拉·米哈伊洛芙娜面前那样，蹑手蹑脚地走进了她的书房。正是这一回忆，此刻在我心中引起了震动。

那个时刻，就如现在一般，他以为四周空无一人，便在镜前驻足。我带着一种敌意和不适的感觉与他不期而遇。然而，当我听到他的歌声——这在他身上是如此不可思议的事情，它出其不意地震撼了我，以至于我仿佛被钉在了原地。就在这一刻，这种似曾相识的场景唤起了我童年中几乎一模一样的瞬间，我无法言说，那令人心酸的印象刺痛了我的心。我全身的神经都在颤抖，为了回应这不祥的歌声，我发出了一阵笑声，这笑声如此突兀，以至于那位可怜的歌手尖叫起来，从镜旁跳开两步，脸色苍白，仿佛被当场捉住，看着我，眼中充满了恐惧、惊讶和愤怒。他的目光对我产生了一种病态的影响。我回应他的是一阵紧张、歇斯底里的笑声，直直地望向他的眼睛。我走了过去，一边笑，一边经过他，不停地笑，进入了阿列克桑德拉·米哈伊洛芙娜的房间。我知道他站在帷幔后面，可能在犹豫是否应该进来，愤怒和胆怯让他无法动弹——我怀着一种由不耐烦引发的激愤之情等待着，看他会做出怎样的决定；我敢肯定他不会进来，我赢了——半个小时后他才进来。阿列克桑德拉·米哈伊洛芙娜用一种极度惊讶的眼神长时间地看着我。尽管她一再徒劳地询问我怎么了，我却无法回答，我喘不过气来。最后，她意识到我是处于一种神经性发作之中，便焦急地照料我。休息了一会儿，我握住她的两只手，开始亲吻它们。就在那时，我改变了主意，我才突然想到，我本来可能会害死她，如果我没有遇到她的丈夫的话。我像看着一个死而复生的人一样看着她。

彼得·亚历山德罗维奇进来了。

我匆匆地向他投去了一瞥：他的神态看起来仿佛我们之间未曾发生过任何事情，依旧是那副平常的严肃与阴郁的表情。然而，从他苍白的面色和嘴角细微的颤动中，我察觉到他在勉强压抑着自己的激动。他以一种冷淡的态度向阿列克桑德拉·米哈伊洛芙娜致意，然后默默地坐到了自己的位子上。当他伸手取茶杯时，他的手在微微颤抖。我预感到了某种即将爆发的场面，内心涌起了一种难以名状的恐惧。我想要逃离，却又犹豫不决，不知是否应该把阿列克桑德拉·米哈伊洛芙娜一人独自留下。她望着丈夫的脸色也发生了变化，她似乎也预感到了某种不祥的征兆。

最终，我所预见的让心中充满恐惧的事情，还是发生了。

在一片沉重的寂静之中，我抬起了双眼，与彼得·亚历山德罗维奇眼镜背后的目光不期而遇。这突如其来的相遇让我不寒而栗，我几乎忍不住要惊叫出声,随即又低下了头。阿列克桑德拉·米哈伊洛芙娜注意到了我的这一举动,她的目光中充满了疑惑与关切。

"你怎么了?你怎么脸红了?"彼得·亚历山德罗维奇严厉又粗鲁的声音回响在房间之中。

我心跳得厉害,一个字都说不出来。

"她怎么脸红了?她怎么总是脸红啊?!"他蛮横地指着我,对着阿列克桑德拉·米哈伊洛芙娜问道。

一阵愤慨瞬间占据了我的内心。我朝着她投过去一道恳求的目光。她理解了,苍白的脸颊也烧得通红。

"安涅塔,你去你房间,"她用我从未料到过的坚定语气说,"我一会儿去找你,今晚我们一起……"

"我问你话呢,你没听见吗?"彼得·亚历山德罗维奇用更高亢的声音打断了她,就好像根本没有听见妻子说话一样,"你为什么一见到我脸就红?!回答我!"

"你让她脸红了!您也让我脸红了!"阿列克桑德拉·米哈伊洛芙娜激动不已,断断续续地回答道。

我惊讶地看着阿列克桑德拉·米哈伊洛芙娜。她反驳的激情第一次让我感到完全不解。

"我让你脸红了?我?"彼得·亚历山德罗维奇似乎也因惊讶而失态地回问道,他一直在强调着"我"这个字,"因为我,你脸红了?我怎么可能让你脸红?你自己脸红的!不是我!你怎么想的呀?"

那句话对我来说是如此清晰,它被以一种冷酷而尖锐的嘲弄说出,以至于我被惊得尖叫一声,猛地扑向阿列克桑德拉·米哈伊洛芙娜。她的脸上显露出惊异、痛苦、责备和恐惧,脸色变得异常苍白。我双手合十,带着恳求的眼神望向彼得·亚历山德罗维奇。他似乎突然意识到了什么,但那句话所带出的愤怒似乎还未完全平息。然而,当我那无声的恳求映入他的眼帘时,他显得有些困窘。我的动作清楚地表明,我知晓许多他们之间至今未曾揭露的秘密,我也非常明白他话语中的含意。

"安涅塔,请你回到自己那儿去吧!"阿列克桑德拉·米哈伊洛芙娜一边用虚弱但坚定的声音重复着,一边从椅子上站了起来,"我非常需要和彼得·亚历山德罗维奇好好谈谈……"

她表面上看似平静如水,但这份平静却比任何激动的情绪更令我感到恐惧。我仿佛没有听到她所说的话,如同被牢牢钉在了地上,一动不动。我竭尽全力,试图从她的面容中窥探那一瞬间她内心所经历的波动。在我看来,她似乎并没有理解我的手势,也没有领会到我惊叫背后的含义。

"这就是你干的好事,夫人!"彼得·亚历山德罗维奇说着,抓住我的手,指向他的妻子。

哦,我的上帝!我从未见过如此绝望的神情,它刻画在那张沮丧、失去血色的脸上。他握住我的手,引我离开了那个房间。在我转身前,我投去了最后的目光。阿列克桑德拉·米哈伊洛芙娜站在那儿,倚着壁炉,双手紧紧抱着她的头。她全身的姿态都在无声地诉说着难以名状的痛苦。我紧握住彼得·亚历山德罗维奇的手,带着满心的热切和恳求。

"求求你,求求你!"我用颤抖的声音恳求,"放过她吧!"

"别怕,别怕!"他看着我,眼神有些奇异,"没事的,只是一时的发作。走吧,走吧。"

我步入自己的居室,无力地倒在沙发上,双手紧紧地掩住面庞。整整三个小时,我都以这样的姿势度过,仿佛在这短暂的瞬间,我已经历了整个地狱的煎熬。终于,我无法承受这沉重的负担,便派人去询问,我是否可以前往阿列克桑德拉·米哈伊洛芙娜的居所。莱奥塔尔夫人带来了回复,彼得·亚历山德罗维奇表示,那场激烈的发作已经平息,并无生命危险,但阿列克桑德拉·米哈伊洛芙娜需要安静。直到凌晨三点,我才得以安寝,在此之前,我一直在房间内徘徊,思绪万千。我的境遇比以往任何时候都要扑朔迷离,然而在某种程度上,我感到了一丝平静——或许是因为我意识到自己比任何人都负有更深的罪责。我躺下,心中满是期待,渴望着黎明的到来。

然而,第二天,我痛苦而惊异地发现,阿列克桑德拉·米哈伊洛芙娜身上流露出一种难以言说的冷漠。起初,我猜测,或许是因为我昨天无意中成为她与丈夫争执的见证者,这颗纯洁而高贵的心难以与我共处。我深知,这个孩子在我面前会感到羞愧,请求我宽恕那场不幸的争执——或许,它昨日真的伤害了我的心。但不久,我便察觉到她心中还隐藏着另一种忧虑和苦恼,它们以一种极其别扭的方式表露出来:时而她对我冷淡地回应,时而她的话语中透露出某种特别的含意;时而她突然对我展现出异常的温柔,仿佛在为之前的冷漠而感到懊悔，这是她心中所不应该有的，她那亲切、轻柔的话语听起来像是某种责备。最后，我直接询问她，是否有什么需要告诉我的。我的急切提问让她显得有些尴尬，但她立刻抬起她那双宁静的大眼睛，带着温柔的微笑凝视着我，说道：

"没事的，涅朵奇卡！只是你知道吗？当你这么快问我时，我有些尴尬。就是到底因为什么你问我问得那么快……请你相信。但是，听着，对我说实话，孩子，你心里是不是有什么事情，就是那种一旦被人们又快又意外地问起就会感觉到尴尬的事情？"

"没有。"我用清澈的眼神看着她。

"嗯，那就好！你知道的，我的朋友，我太感激你的这个完美回答了。我从没怀疑过你干过什么不好的事情，以后也不会。我不会原谅自己对你有这样的想法。但是，还请听好，我收养你的时候，你还是个孩子，现在你都十七岁了。你也看到了，我的身体不是很好，我自己都像个小孩子似的了。我需要别人的照顾。现在啊，我没法完全替代你亲生母亲的角色了。不是说我不爱你，我的心里仍旧全是对你的爱，只是说我总是感觉到忧虑，这不是你的错，是我的错。请原谅我提出了这么个问题，也请原谅我没有办法完全履行我对你和对我爸爸的承诺。这一点经常困扰着我，我的朋友。"

我抱住她，哭了。

"哦，谢谢你！感谢你们做的一切！"我眼含着泪，"你别对我这么说，别撕裂我的心。你对我比亲生母亲更重要，愿上帝能保佑你，愿上帝看到你和公爵为了我这个可怜的孤儿做的一切。我可怜的人，我亲爱的人。"

"好啦,涅朵奇卡,好啦!最好再抱我紧一些,就这样,更紧一些。你知道吗?我不知道怎么想的,总是有一种这是最后一次抱你的感觉。"

"不会的!不是的!"我哭得像个孩子,"不会的!不是这样的!您会幸福的!以后日子还长着呢,您会幸福的!相信我,我们都会幸福的!"

"谢谢你啊,谢谢你这么爱我。我现在身边都没有什么人了,他们都离开我了……"

"谁离开了?他们是谁?"

"以前我周围可多人了,涅朵奇卡,只是你不知道罢了。他们都离开啦,都走了,就像是什么鬼魂一样。只是说,我啊,一直在等着他们,已经等了一辈子了。只愿上帝与他们同在!看哪,涅朵奇卡,你看,秋意盎然,雪就快来了。初雪落下的时候,我也就该……死了。是的,该走了!但是我不悲伤,再见了!"

她的面容苍白而憔悴,双颊上赫然显现出不祥的、血红色的斑点,犹如被内火炙烤般燃烧;她的唇瓣微微颤抖,仿佛在承受着某种内心的煎熬。

她缓缓走向钢琴,轻触琴键,奏出几个和弦。就在这静谧的瞬间,一根琴弦突然断裂,发出一声清脆的响声,随后是一阵悠长而哀怨的颤音,宛如在诉说着无尽的悲伤……

"听到了吗,涅朵奇卡,听到了吗?"她突然用一种充满了灵感的声音,指着钢琴对我说,"弦绷得太紧,绷得太紧,它受不了了,它断了。听见了吗?那声音怎么死得这么可怜啊!"

她话说得很是吃力,来自精神深处的沉重痛苦完完全全展现在了她的脸上,眼睛里全都是泪水。

"就这样吧!就说到这吧!我的朋友,涅朵奇卡,就说到这吧!去把孩子们带过来吧!"

我把他们都带来了。她看着孩子们,似乎缓过来了,一个小时后又让他们都走了。

"如果我死了,你不会离开他们吧?安涅塔,对吧?"她生怕有什么人在偷听,很小声地对我如是说道。

"你简直是在杀我!"我只能这么回答了。

"和你开玩笑呢,"她沉默了一会儿,微笑着说,"你竟然信了!我啊,总有些时候会说些莫名其妙的话。你把我当个孩子啦,要包容我!"

这时,她胆怯地看了我一眼,似乎在犹豫要不要接着说下去。

我等待着……

"你别吓着他了。"她终于开口了,垂着眼睛,脸上闪过一丝红晕,声音很轻,轻得几乎听不见。

"谁?"我惊讶地问。

"我丈夫。你最好慢慢地告诉他一切。"

"为什么啊,为什么啊?"我越来越困惑了。

"唉,算了,也许你就别告诉他了。谁知道呢!"她一边回答着,一边试图用尽可能狡猾的眼神看着我,尽管她的嘴角仍旧挂着纯真的微笑，她脸上的红晕越发明显，"到此为止吧！我和你开玩笑呢！"

我的心脏越发缩紧了。

"但你要记住，我走之后，你一定要爱他们。好吗？就像对待自己的亲生孩子一样，好吗？"她突然严肃地补充说，"我把你视若己出，我对你就像对亲女儿一样，什么区别都没有。"

"是的！是的！"我完全不知道自己在说什么了，泪水和窘迫压得我喘不过气。

一个热烈的吻落在了我的手上，我还没来得及把手撤回来。我惊愕得说不出话来，脑子里闪过一连串问题：她怎么了？她在想什么？他们昨晚到底发生了什么？

过了一会儿，她抱怨说自己累了。

"我早就病了，只是不想让你们俩空担心，"她说，"毕竟啊，你们俩都爱我，对吧……再见了，涅朵奇卡，你去吧。晚上，只是今晚，一定要过来，好吗？"

我答应了，但是从她身边离开总是让我开心的。这一切实在太沉重了，我快受不了了。

"可怜的人啊，可怜的人啊，你究竟是带着怎样的怀疑走向了坟墓啊……"我哭泣着感叹道，"究竟是什么样的痛苦在折磨着你的心啊，你怎么连一个'不'字都不敢说出来呢？上帝啊！现在她这些个漫长的痛苦我已经烂熟于心了，她这些个没有期盼的日子，这些个不求回报的怯懦之爱，甚至现在，她都要病死了，心痛得都要裂开了，怎么还像个罪人似的，只敢发出些最微弱的抱怨和控诉呢？她怎么在想象和虚构出新的痛苦之后，自己屈服、投降了呢？"

傍晚的余晖中，我趁着来自莫斯科的奥弗罗夫不在，悄然步入图书室，轻启书柜的门，开始在书海中搜寻，希望为阿列克桑德拉·米哈伊洛芙娜挑选一本书，好读给她。我渴望将她从那些阴暗的思绪中解脱出来，寻找一些轻松愉悦的篇章……我挑选了许久，心不在焉。随着夜幕的降临，我的悲伤也随之加深。我手中的这本书，再次翻到了那一页，我看到了那封信的痕迹——那个秘密，自那时起便一直紧贴着我的胸口。它似乎使我的存在突然中断，又重新启动，向我吹来那么多阴冷、未知、神秘且不甚友善的气息，如今从远处冷酷地威胁着我……"我们将何去何从？"我自问，"那个曾让我感到如此温暖、如此自由的角落，就要空无一人了！那纯洁而光明的精神，曾守护我青春的守护神，现在就要离我而去。前方等待着我的又会是什么呢？"我伫立在那里，完全沉浸在那些如此贴近我心灵的往事之中，仿佛在努力窥探那未知的、威胁着我的未来……我回忆着这一刻，仿佛现在又重新经历了它：它是如此深刻地烙印在我的记忆中。

我手中紧握着那封信和翻开的书页，我的脸颊已被泪水浸湿。突然间，一阵颤抖袭来，头顶传来一个熟悉的声音。就在这一刻，我感觉到那封信从我手中被夺走。我发出一声尖叫，猛然回头，只见彼得·亚历山德罗维奇站在我的面前。他紧紧抓住我的手，使我无法动弹；他用右手将信举至光线下，试图辨认出信中的头几行文字……我尖叫着，宁愿死去，也不愿让这封信落入他的手中。从他那得意的微笑中，我意识到他已经辨认出了信的开头几行。我失去了理智……

转瞬之间,我已向他扑去,几乎失去了自我,从他的手中夺回了信件。这一切发生得太快,我自己都不清楚信件是如何回到我手中的。然而,当我注意到他再次试图从我手中夺走它时,我急忙将信件藏入怀中,并迅速后退了三步。

我们静静地对视了半分钟,我仍在恐惧中颤抖。他——面色苍白,嘴唇颤抖,愤怒到发紫,首先打破了沉默。

"够了!"他声音变得激动,"你肯定也不想让我用武力吧!请你自愿地,把这封信,递,给我!"

直到现在,我才意识到自己的粗鲁和暴力,我感到了深深的屈辱、羞愧和怨恨,它们扼住了我的呼吸。热泪沿着我滚烫的脸颊流淌,我激动得全身颤抖,一时间竟说不出一句话。

"您没听见吗?"他走近了我,一步,两步。

"请走开!走开!"我一边喊着,一边躲开了他,"你的这个行为不光彩,不高尚!你失态了!走开!"

"啊?!你这话是什么意思?你竟敢用这种语气……你,……把信给我!"

他又朝我走了过来,眼神中写满了坚定的决心。

他停了下来,像是陷入了思索。

"行吧!"最后他干巴巴地开口道,好像是真的做出了决定,又好像是在克制自己,"这之后再说,但现在……"

他环顾四周:"谁让您进图书室的?为什么这个书柜的门是开着的?您从哪儿拿到钥匙的?"

"我不会回答你这些问题的，"我说，"我不能和你说话了，你让我走，让我走。"

说罢，我朝门口走去。

"对不起，"他忽地拉住我的手，"你不能就这样离开！"

我默默抽回手，再次向门边移动。

"很好！但是我没法允许你，没法允许你在我家里接收你情人们的来信！"

我惊叫一声，看着他，不知所措。

"所以……"

"住口！"我大声喊着，"你怎么可以，怎么可以对我说这种话？！……上帝啊！上帝啊！"

"不是？什么？！你怎么还威胁起我来了？！"

但我一脸苍白，绝望地看着他。我们之间的场景已经激烈到了我无法理解的地步。我用眼神恳求着他，不要再继续下去了。我愿意原谅他对我的侮辱，只要他停下来。他盯着我，显然也是在犹豫。

"请别把我逼急了……"我惊恐地低语道。

"不行，小姐！这事儿得有个结尾！"他恍然大悟一般，开口说道，"我向你承认，你刚才的目光让我，"他面带奇怪的微笑，"犹豫了。但是，不幸的是，这事情本身就已经能说明问题了。我刚刚看到这封信的开头了，这明显是一封情书。你改变不了我的看法！没用的，放弃这个念头吧！如果说刚才我有一分钟的怀疑，那就只能说明，善于说谎也成为你所有优秀品质中的一个。因此，我必须再说一遍……"

他说话的时候，面容都会因愤恨而扭曲起来。他的脸色变得苍白，嘴唇歪斜且颤抖，他几乎是在挣扎中吐出了最后一句话。随着天色逐渐昏暗，我孤身一人，毫无庇护地站立着，面对着一个侮辱女性尊严的人。所有的表象似乎都对我不利，我感到极度羞愧和迷失，无法理解这个人的愤怒。我没有回应他，而是惊恐万分，仿佛失去了灵魂一般冲出了房间。当我回过神来，发现自己已经站在阿列克桑德拉·米哈伊洛芙娜的书房门前。就在这一刻，我听到了他的脚步声，我正要踏入房间，突然，我像被雷电击中一样停了下来。

我脑海中突然闪过一个念头："她该怎么办？她该怎么办？这封信……不对，怎么样都比让她承受这最后一击好！"于是我又转头往回跑，但是已经太迟了。他已经站在我身边了。

"你想去哪儿都行，但是就这儿不行！这儿不行！"我抓住他的手，对他低语道，"饶了她吧！我要是再去图书室或者……你想去哪儿都行！你会害死她的！"

"要害死她的人是你！"他一边说着，一边把我推开。

我所有的希望都消失了。我觉得，他就是想把整场争吵全部转移到阿列克桑德拉·米哈伊洛芙娜面前。

"看在上帝的分儿上！"我求着他，阻止着他。

就在这个瞬间，帷幔拉起，阿列克桑德拉·米哈伊洛芙娜出现在了我们面前。她吃惊地看着我们，脸色比以往更加苍白。现在她就连站稳都很吃力了，看得出，是我们的声音吵到了她，她用了很久才挪了过来。

"你们怎么了？你们在说什么？"她极其惊讶地看着我们，问道。

沉默持续了一会儿，她的脸苍白如纸。我冲向她，紧紧地抱住了她，把她拉回到书房。彼得·亚历山德罗维奇也跟着我们进来了。我把脸埋在她的胸口，拼了命地抱紧她，等待着预感中的事情发生。

"你怎么了？"她说，"你们怎么了？"

"你问她吧！"彼得·亚历山德罗维奇一边说着，一边重重地坐进一把扶手椅里头，"你昨天不是还护着她吗？"

我抱着她，越来越紧。

"可，上帝啊，都怎么了？"她显然大为惊恐，"你那么激动，你把她吓到了。她都哭了。安涅塔，你告诉我，你们两个怎么了？"

"别！让我来说！"彼得·亚历山德罗维奇一边说着，一边站起来走近我。他抄起了我的一只手，把我从阿列克桑德拉·米哈伊洛芙娜的怀里生拽了出去，"你站在这儿！"他指了指房间的中央，"现在，我要在这个一心想要代替你母亲位置的女人面前审判你！请你冷静些！坐好了！"他如是补充道。

接着，他把阿列克桑德拉·米哈伊洛芙娜也在椅子上安顿好。"很难过，我没办法把你从这种极度不愉快的解释中排除出去。我只能这样！"

"上帝啊！你们到底要干什么啊？"阿列克桑德拉·米哈伊洛芙娜怀着深切的悲伤，目光依次扫过我和她的丈夫。我扭着两只手，预感到即将到来的灾难。我再也无法从她那里获得任何怜悯了。

"总而言之，"他继续说道，"我想让你和我一起评评理。你总是认为（我不明白为什么，这是你众多奇思幻想之一），比如说昨天我们就谈起了,我不知道怎么样才能说清楚……总之,种种猜测让我脸红。总之,你就是护犊子,护着她!你攻击我,说我过于严厉了。还说我对她的严厉里有什么别的情感。可你……我就是不明白,为什么猜起你的脑子,我就没法克制自己的尴尬和脸红了。我为什么就不能公开、大声地说这些事情呢,为什么就没法当着她的面儿……唉!总而言之,你……"

"哦,您不会这么做的!您不会说这件事儿的!"阿列克桑德拉·米哈伊洛芙娜很是激动地高声喊着,她已经羞愧得满脸通红,"不!您要怜悯她!都是我!都是我编造的!现在我没有任何怀疑!请原谅我,原谅我!我病了,我需要宽恕,但请你不要告诉她,别……安涅塔,"她欠起身,走向我,"离开这里,快点!他在开玩笑呢!都是我的错啦!都是我搞出来的玩笑!"

"总而言之!"彼得·亚历山德罗维奇发话了,"您就是因为她才猜忌我!"他这句话说得很不留情面,像是对她期冀的一个结实耳光。阿列克桑德拉·米哈伊洛芙娜尖叫一声,倚靠着扶手椅,努力站稳。

"愿上帝原谅您!"她声音微弱,"我替他祈求你的原谅。涅朵奇卡,原谅我吧,都是我的错,我只是病了,我……"

"残暴!无耻!卑鄙!"我愤怒地尖叫着!

现在我明白了,我一切都明白了,我明白了他为什么非要在妻子的面前谴责我了。

"您活该让人鄙视……"

"安涅塔!"她惊恐地握住了我的手,打断了我。

"胡闹！胡闹！仅此而已！"彼得·亚历山德罗维奇一边说着，一边走近我们，"我告诉你们，就是胡闹！"他带着不祥的微笑专注地看着她，"说白了，就一个人在这场胡闹里被骗了，就是您！请相信，我们，"他说出这句话，长喘一口气，手一指我，继续说，"当面锣对面鼓，反正我不怕。再者说了，咱们之中又有谁那么干净呢？！谁听到那些风流韵事不会羞愧呢？不会脸红呢？请原谅我，我是把话说得直了些，难听了一些。但是，也许，这是必要的。夫人，您怎么能确信……这个小姑娘的行为是不是正派的？"

"天哪！您到底怎么了？！您怎么失控了？"阿列克桑德拉·米哈伊洛芙娜吓得呆了，吓得面色死白。

"请不要用这种夸大的字眼了！"彼得·亚历山德罗维奇轻蔑地说，"我不喜欢这样！眼下这件事儿，很简单的，很直接的，很庸俗的！最庸俗的事情了！我只是在问您，她的行为，您知不知道……"

但我没等他说完，就拉住了他的手，把他带向一边。只要再过一两分钟，一切就没法挽回了。

"别说那封信的事情，"我迅速低声说道，"您会害死她的！您责备我就是在责备她。她没有办法评判我的。因为我现在什么都知道……您要明白，我什么都知道……"

他目光专注，无比强烈地盯着我，脸上泛起一阵潮红。

"我什么都知道！什么都知道！"我又强调了一遍。

他仍旧在犹豫，嘴唇动了动，像是要问我什么问题。但我赶忙制止了他。

"事实是这样的,"我以一种急切而响亮的声音转向阿列克桑德拉·米哈伊洛芙娜,她正用一种胆怯、忧郁且充满惊异的目光注视着我们,"一切的过错都在我。这四年间,我一直在隐瞒着您。我私自拿走了图书室的钥匙,我一直在偷偷看书。彼得·亚历山德罗维奇发现了我正在看一本……一本不应该落入我手中的书。他为我感到忧虑,并在您面前夸大了事情的严重性!但我并非在为自己辩护(我急切地说出这些话,同时注意到他唇边那讥讽的微笑),一切都是我的错。我没克制住诱惑,而且,一旦犯下错误,我就羞于承认自己的行为……这些,几乎就是我们之间发生的一切……"

"哦,真是聪明!"彼得·亚历山德罗维奇在我身旁低声嘲讽道。

阿列克桑德拉·米哈伊洛芙娜全神贯注地听完了我的话,但她的脸上明显流露出了怀疑。她不时地看看我,又看看她的丈夫。沉默降临了,我艰难地喘息着。她低下头,用手遮住眼睛,似乎在沉思着什么,显然是在权衡我所说的每一个字。最终,她抬起头,专注地看着我。

"涅朵奇卡,我的孩子,我知道你并不擅长说谎,"她说道,"这就是全部,真的是全部吗?"

"全部。"我回答。

"全部吗?"她转向她的丈夫,再次询问。

"是的,全部,"他勉强地回答,"全部!"

我缓了口气。

"你能向我保证吗,涅朵奇卡?"

"能！"我斩钉截铁地说。

但我无法抑制自己，将目光投向彼得·亚历山德罗维奇。他听闻我所做的保证后，露出了一丝微笑。我的脸瞬间变得通红，我的困惑显然没有逃过阿列克桑德拉·米哈伊洛芙娜那双充满同情的眼睛。她的面容上显露出压抑和痛苦的悲伤。

"行吧！"她忧郁地说，"姑且相信你们了！我也没办法不相信你们。"

"我觉得，这个程度的坦白也行了。"彼得·亚历山德罗维奇说，"您都听见了，您现在是什么想法啊？"

阿列克桑德拉·米哈伊洛芙娜没有回答。场面变得越来越难堪。

"明天我就把所有的书都查一遍！"彼得·亚历山德罗维奇继续说道，"我又不知道那儿还能有什么，但是……"

"她读的是什么书？"阿列克桑德拉·米哈伊洛芙娜打断了话茬，问道。

"书？还是烦请您自己回答吧！"他转向了我，"您可比我更擅长解释事情。"他如是讽刺道。

我窘迫得说不出来话。阿列克桑德拉·米哈伊洛芙娜则涨红了脸，低下了头。经过了长时间的沉默之后，彼得·亚历山德罗维奇站起了身，在房间中来回踱步。

最后，阿列克桑德拉·米哈伊洛芙娜开口了，声音中满是怯懦，似乎说出每个字都要付出极大的勇气。

她说："我不知道你们之间究竟发生了什么，但如果仅仅是这些,"她努力让自己的话语尽量更有分量,同时目光不自主地避开了丈夫的岿然不动,"如果仅仅是这些,我不明白我们为何都要如此悲伤、绝望。我比任何人都有错,只有我一个人,这让我感到非常痛苦。我忽视了对她的教育,我应该为一切负责。她必须原谅我,而我,我不敢也不能责备她。但是,我们为何要绝望呢?危险已经过去。请看看她,"她声音越发坚定,向着自己的丈夫投去一道探寻的目光,"请看看她,难道她的轻率行为留下了任何后果吗?难道我不了解她,我的孩子,我可爱的女儿?难道我不知道她的心灵是纯洁而高尚的,在这个美丽的头脑中,"她一边说着,一边把我拉近,摸了摸我的头,"思想清晰而鲜明,良心也害怕欺骗……够了,我亲爱的!停止吧!也许,还有别的什么隐藏在我们的忧虑之中;可能,敌对的阴影只是从我们身上一掠而过。但我们用爱来驱散它,用善意和一致来消除我们的误解。也许,我们之间还有许多话没有说出口,而我应该首先承认错误。是我最先向你们隐瞒,在我这里首先产生了上帝才知道的怀疑,这要怪我生病的头脑。但……但如果我们部分地说了出来,你们都必须原谅我,因为……因为,毕竟,我的怀疑也算不上是什么大的罪过……"

她说完这些话后,脸上带着胆怯的红晕,以一种忧虑而期待的眼神看着她的丈夫。当他聆听她的话语时,他的嘴唇上挂着一丝讥讽的微笑。他停止了走动,直接在她面前停了下来,双手向后一甩,仿佛在沉思着她的困窘,观察着它,甚至在欣赏着它。她感受到了他那专注的目光落在自己身上,内心开始慌乱。他等待了片刻,似乎在期待着接下来会发生什么。她的困窘随之加剧。最终,他用一阵低沉、悠长、刻毒的笑声打破了这令人难堪的僵局。

"我为您感到遗憾,可怜的女人!"他终于以一种痛苦而严肃的语调说道,不再有笑声,"您为自己选择了一个您无力承担的角色。您想要做什么?您是想要激起我的回应,用新的疑虑来煽动我,或者不如说,用您话语中未能隐藏的旧疑虑?您话中的含意是,对于她,没有什么值得生气的,即便在阅读了那些不道德的书籍之后,她仍然很好,那些书中的教导,依我看,似乎已经取得了某种效果,让您,最终亲自为她负责,是这样吗?而您,通过这番解释,您是在暗示别的什么东西;您认为,我的怀疑和压制来自某种其他的情感。您甚至昨天暗示我——请不要阻止我,我喜欢直话直说——您甚至暗示,在某些人那里(我记得,按照您的说法,这些人大多是成熟稳重、严格、坦率、聪明、强壮有力,上帝知道在您慷慨激昂的时候,您会给出什么样的定义!),在某些人那里,我再重复一遍,爱(上帝知道您为何要捏造这个!)不能不严厉、热烈,突然地,经常以怀疑和压制的形式表现出来。我不太记得您昨天是不是这么说的……请不要阻止我,我非常了解您的学生,她能听到一切,一切,我第一百次告诉您,一切。您被误导了。但我不知道,为什么您如此坚持,认为我正是那个人!上帝知道为什么您想让我穿上这件丑角的长袍。我不再处于爱这位少女的年龄了;最后,请相信我,夫人,我知道自己的责任,无论您多么宽宏大量地原谅我,我都要说我之前的话,过失永远是过失,罪永远是罪,是羞耻、可耻、丑陋、不光彩的罪,无论您如何试图为不端的行为……真的快算了！够够的了！我不想再听见这些下三烂玩意儿了！"

阿列克桑德拉·米哈伊洛芙娜哭了。

"好……那就让我来承受这一切吧！我来承受吧。"她终于张开了嘴，一边哭泣着，一边紧紧地抱住我，说道，"就算我的怀疑是可耻的，就算你们如此严厉地嘲笑了它们，但是你，我的可怜宝宝，你为什么要遭受如此这般侮辱呢？而我却没有办法保护你。我连话都说不出来。上帝啊！我不能就这么沉默下去了。先生，我受不了您了……您的行为太疯狂了。"

"好了，好了，"我小声地说着，试图平息她的激动，我害怕他的指责会让她无法承受。此时，我仍然因对他的恐惧而颤抖着。

"你这个瞎眼的娘儿们！"他兀自喊了一声，"你不知道，你没看到……"

他停顿了一会儿。

"离她远一点！"他转身对我说道，然后从阿列克桑德拉·米哈伊洛芙娜的手中拨开了我的手，"我不许您再碰我的妻子了！您弄脏了她！您在这儿就是侮辱她！但是，当我需要，当我必须说话的时候，还有什么能让我沉默呢？！"他跺着脚喊道，"我就要说，我现在就把一切都说出去！我不知道您到底知道些什么，听着姑娘，您究竟想要怎么威胁我，我也不想知道！听着！"他又转向阿列克桑德拉·米哈伊洛芙娜继续说道，"您听着。"

"请别说了！"我大喊一声，冲上前去，"请您别说了！一个字都别说了！"

"您听着……"

"请别说了！看在……"

"看在什么的分儿上？！"他接过了话茬，迅速而犀利地看着我的眼睛，"看在什么的分儿上？！就在刚才，您要知道，我从她的手里抢下一封情书！这种事儿竟然堂而皇之地发生在我们家里！这种事儿竟然堂而皇之地发生在我们眼皮子底下！这就是您没注意到的事儿，您没看见的事儿！"

我几乎无法站稳。阿列克桑德拉·米哈伊洛芙娜面色惨白。

"夫人，我看到了一封信，我还把那信拿了过来，我还看了开头几行，不可能看错的。就是封情书。她立马从我手里把它抢走了。现在这封信就在她身上呢，毫无疑问地在她身上呢。如果您有什么疑虑，您就好好看看她，看看那疑虑还有没有存在的可能。"

"涅朵奇卡，"阿列克桑德拉·米哈伊洛芙娜一边喊着，一边奔向我，"可，别，别说话。我不知道这回事儿，怎么会有这么一回事儿……上帝啊……天哪！"

她用手捂住脸，大哭起来。

"不，这不可能，"她再次喊道，"您错了！我知道……这意味着什么。"她紧紧盯住丈夫，"您……我……做不到。"她转过头面向我，"你不能骗我！你不能骗我！你把一切都告诉我，一切，什么都不要隐瞒。是不是他弄错了？是不是？他是不是看到了什么别的东西？他是不是看错了？是不是？对不对？听着，安涅塔，你为什么不把一切一五一十地告诉我？告诉我，我的孩子，我亲爱的孩子！"

"您回话啊！快回话啊！"彼得·亚历山德罗维奇的声音从我身后传来，"回答啊！我到底有没有看到您手里的信？"

我喘着气："是的。"

"那是您情人的信吗？！"

"是的。"

"您现在还和这个人保持着联系吗？"

"是的！是的！是的！"我几乎失去了理智，不论他问我什么，我都给予肯定的回答，只想快点结束这场折磨。

"她的回答您都听见了吧！现在您还有什么好说的？认了吧！您这颗善良的、过于轻信的心让人给……"他拉起妻子的手，"您相信我吧，别信您脑子里靠病态想象胡编出来的那一套了。您现在看出来了吧，这个小……小姑娘是一个什么样的人了。我只是想把各种不可能的事情同您的怀疑摆在一起。只是说，这些不可能，您的那些怀疑，我都注意到了。当然了，我也乐意在您面前解密这些不可能。她在您身边的时候，我看着就难受。她凭什么在您怀里，在我们屋里，在我家里啊？您的盲目让我愤怒。这就是为什么，也只是因为这个，我留意她，我盯着她。我的这种关注还引起了您的注意，而且，天哪，您从一个不知从何而来的怀疑开始，硬生生编了个故事。现在好了，一切都解决了，怀疑都结束了。明天，夫人，明天您就不会有什么疑虑了。"他转身面向我。

"请停下来！"阿列克桑德拉·米哈伊洛芙娜一边说着，一边从

215

椅子上挣扎起来,"我还是不相信你们说的这一套。您别这么盯着我,吓人,也别取笑我。我现在请您过来参加对我的审判。安涅塔,我的孩子,您到我这里,把你的手给我,就这样。我们都是罪人!"她一边说着,一边任凭自己的声音在抽泣中颤抖着,她泪眼婆娑地看向自己的丈夫,"我们之中有谁能拒绝别人的手呢?安涅塔,我亲爱的孩子,把你的手给我。我不比你尊贵什么,也没比你好到哪儿去。你不可能以自己的存在侮辱我,因为我也是,我也是罪人。"

"夫人?"彼得·亚历山德罗维奇惊讶地喊道,"夫人!请您好好控制控制自己啊!别忘了……"

"我什么都没忘!您也别打断我,让我说完。您看见了她手上的信,您还读了。您说,她……认了,她认了,说这是她情人写给她的。只是,难道这些就证明她犯了什么大错吗?这值得您这么对待她吗?值得您在自己的妻子面前侮辱她吗?对,先生,就在您的妻子面前,难道您有资格审判这样的事儿吗?事情的真相真的是您想的那样吗?"

"好,您想要的就是让我现在赶紧滚,是吧!您想要的就是让我求她原谅,是吧!"彼得·亚历山德罗维奇高喊起来,"您一张嘴,我就不耐烦了。您记好自己在说什么,不是,您听得懂自己在说什么吗?您知道自己在保卫什么吗?您知道您在护着谁吗?我不过是看穿了一切……"

"可是您连最基本的事实都看不见!您的视线让愤怒和傲慢挡住了!您没看见我在保卫什么,我现在就来跟您说说是什么。我没有为罪恶辩护。但是您有没有审判过,你……她就像是个孩子一样无辜！而您在审判她！是的，我并没有为罪恶辩护。只是，如果她是个妻子，是个母亲，她要是到时候忘记了自己的职责和使命，她才会同意您的看法。……您看，我还是持保留意见地同意了。但还是要注意我的保留意见，不要随便责备我。但如果她只是刚刚收到这封信，并不知道是福还是祸呢？如果她真的被这种不成熟的烂桃花耽搁了，咱们两个都有责任，不对吗？这么说来，最应该负责的人不就是我吗？不正是我忽视了她的内心她才这样的吗？如果这只是她收到的第一封情书呢？如果您的粗鲁怀疑侮辱了她的清纯和芬芳情感呢？如果您用您的冷酷之心随便解读这封信玷污了她的想象呢？如果您没有看到她读这封信时，那种处女才有的纯洁羞耻，那种像处女一样干净的羞耻，闪现在她的脸上，我要告诉您，我现在看到了。我看到了她惊慌失措，看到了她备受折磨，看到了她被您撕扯着，必须回答那些令她无比痛苦的问题，我都看到了。没错，是的！您的所作所为是不人道的，是残忍的！我认不出您来了，我永远，永远不会原谅您了！"

"您宽恕我吧，原谅我吧！"我叫喊着，冲进了她的怀里，"求您原谅我吧，求您宽恕我吧，求您相信我，相信我。别把我推开……"

我跪倒在她的面前。

"如果，说到底，"她喘着气断断续续地说，"如果，说到底，没我在她身边，如果她被您用您那一连串话吓到了，如果这个可怜的姑娘真的相信自己是有罪的，如果您真的搅扰了她的良心、她的灵魂，破坏了她的平静……上帝在上！您竟然还想把她赶出家门。但您知道，这是在对付谁吗？您知道吗？您把她赶出去，就意味着您也把我赶出去了。我们俩一起走。明白吗？赶走她就是赶走我！先生，您听到我的话了吗？"

她的眼睛闪闪发光，胸口剧烈起伏，痛苦的紧张已然逼近了极限。

"夫人！我听够了！"彼得·亚历山德罗维奇高声喊道，"得了！得了！我知道了！好好好！柏拉图，行行行！夫人，您请听好了，您在戕害我！我也忍不了这种罪恶的戕害和玷污！我不理解！滚啊！都他妈是伪君子，都他妈在装！如果您感觉到有罪，如果您知道自己究竟做错了什么，夫人，我不需要您提醒，如果您喜欢，最后您也会自己愿意从我家滚出去。我只是想说……我只是想说，到时候我会提醒您的，您忘记了，您该滚了。几年前……我会提醒您的！"

我转过头去，目光落在阿列克桑德拉·米哈伊洛芙娜身上。她的身体在痛苦的抽搐中倚靠向我，她的内心充满了悲伤，以至于显得疲惫无力。她双眼半闭，仿佛沉浸在无尽的痛苦之中。再过片刻，她似乎就要支撑不住，即将倒下。

"哎呀！看在上帝的分儿上，哪怕这一次，放过她吧！您快别说了！"

我尖叫着，跪倒在彼得·亚历山德罗维奇的面前，完全忘记了我自己的背叛。但一切已经太迟。一声微弱的呼喊回应了我的恳求，那个可怜的人儿倒在地板上，失去了意识。

"完了！您把她害死了！"我说，"快叫人来啊！快叫人来救她啊！我在您的书房等着您，待会儿我们再谈谈，我会把所有事儿都告诉您……"

"什么事儿？！什么事儿？！"

"待会儿再说不行吗？"

她的昏厥和发作持续了整整两个小时。整栋房子都处于极度的惊恐之中。大夫来了，疑惑地摇了摇头。两小时后，我走进了彼得·亚历山德罗维奇的书房。他刚刚从妻子那儿回到这里，像平时一样在房间里来回踱步，把手指甲都咬出血了。他脸白得像纸，上面画满了心烦意乱。我从没见过他惆怅成这样。

"您到底想要告诉我什么啊？"他语气粗鲁、生硬，"您倒是说啊！"

"认识吗？这就是您从我手里抢走的信。"

"是的。"

"您拿去吧。"

他接过了信，把它放在了光下。他如何看着信，我就如何看着他。几分钟后，他浏览到了第四页，看到了署名。我眼睁睁地看到，血液就在那一刻一路涌上他的头顶。

"这是什么啊？"他惊异地、呆滞地看着我，如是问道。

"这是信啊！三年前，我从一本书里发现了它。我猜，它被人遗忘在那儿了，就读了读，就……了解了一切。从那以后，这封信一直在我身上。因为，我也不知道该怎么处理它，该把它交给谁。我总不能把它给她吧，也总不能给您吧！您不可能不知道这信上说了什么。而且，它上面的内容还是一个悲伤的故事……可为什么您要假装……唉，我不知道。这个，暂时而言，对我而言，仍旧是个谜。因为我没法看透您的心。您想要在她的面前保持优越感，您确实做到了。可您这么做又是图什么呢？就为了战胜一个不存在的幻影吗？还是说为了战胜一

219

个女精神病人的臆想？您非向她证明，说她走错了路。可您图什么呢？说不定您比她还单纯呢。不过您的目标还是实现了，对吗？因为她的怀疑已经成了她即将消失的理智中最固执的什么东西了。您的虚荣，您的妒忌，您的自尊，都太无情了。就这样了！您也不用解释什么了！但请您记住，我已经看透您了，看穿您了！别忘了！"

我走进了自己的房间，几乎不记得自己都在里面做了什么。在门口，那位从莫斯科来的彼得·亚历山德罗维奇的事务助理——奥弗罗夫拦住了我。

他彬彬有礼地鞠了一躬："我想和您谈谈。"

我看着他，勉强明白他对我说的话。

"以后再说吧！对不起，我不太舒服。"我开口答道，从他身边走过。

"那，"他带着一种模棱两可的微笑，再鞠躬，"咱们明天谈？"

也许这只是我的错觉。这一切就像从我眼前一闪而过。